5, 50

DU MÊME AUTEUR

JOLIS DEUILS, contes, Éditions du Jour, 1964.
LA GUERRE, YES SIR!, roman, Éditions du Jour, 1968.
FLORALIE, OÙ ES-TU?, roman, Éditions du Jour, 1969.
IL EST PAR LÀ, LE SOLEIL..., roman, Éditions du Jour, 1970.
LA GUERRE, YES SIR!, théâtre, Éditions du Jour, 1970.
LE DEUX MILLIÈME ÉTAGE, roman, Éditions du Jour, 1973.
FLORALIE, théâtre, Éditions du Jour, 1973.
LA GUERRE, YES SIR!, roman, édition de luxe, 150 exemplaires, Éditions Art global, Montréal, 1975.
LE JARDIN DES DÉLICES, roman, Éditions La Presse, 1975.

Roch Carrier

Éditeur :   Éditions internationales Alain Stanké
                  2100, rue Guy
                  Montréal
                  H3H 2N4

Maquette
de la couverture
et des pages
intérieures :   Jacques Robert

Dépôt légal :   Bibliothèque nationale du Québec
                  2e trimestre 1977

ISBN   0-88566-071-4

Roch Carrier

Il n'y a pas de pays sans grand-père

Stanké

Attendre... «Cher bon Dieu, combien de temps ? Aller et venir, au même endroit, toujours, dans la même chaise berceuse, et regarder les jours tomber autour de soi comme des feuilles d'automne, de fin d'automne... Se bercer et attendre la fin... Oh ! elle viendra. Par derrière ou par devant.» Enfin, Vieux-Thomas pourra se battre. Oh ! il va perdre. «La mort est aussi forte que vous, cher bon Dieu, mais vous êtes aussi fort que la vie.» Au moins Vieux-Thomas aura-t-il le plaisir de lutter. Même perdant, même s'il ne pourra jamais se revancher, il préférerait livrer une chicane à la mort plutôt que d'être condamné à se bercer parmi la génération des jeunes qui, eux, sont condamnés à s'ennuyer. La jeunesse s'ennuie comme si la vie était une punition. À cette heure, la jeunesse n'a plus de filles, elle n'a plus de garçons. «Dans votre sagesse, cher bon Dieu, vous avez créé des hommes qui avaient un ding-dong et des femmes qui en avaient pas ; c'est pour ça que les hommes cherchaient les femmes, que les femmes cherchaient les hommes. Et ils les trouvaient. À cette heure, la jeune génération n'a p'us d'hommes, elle n'a p'us de femmes. Demandez-vous pas pourquoi i' se fait p'us d'enfants. Quand le monde se fait

p'us d'enfants, c'est que le monde a p'us envie de vivre.»
Parfois Vieux-Thomas aurait envie de faire un enfant.
Parce qu'il sent le tabac de pipe et parce qu'il est vieux, il
ne pourrait attendrir une petite femelle au village; il
devrait se rendre à la ville de Québec. En offrant quelques
piastres de sa pension de vieillesse, il pourrait trouver une
fille de la ville qui accepterait de lever sa jupe et de se
laisser tisonner. (Les filles n'ont plus la beauté des filles de
son temps; elles ont l'air d'avoir la peau en plastique.)
Ensuite il irait à confesse chez les pères capucins qui
sont compréhensifs, à ce que l'on raconte, en se dépê-
chant, en taxi, «avant d'être foudroyé par votre fouet,
cher bon Dieu.» Mais l'enfant serait-il content, quand il
aurait grandi, d'avoir comme père un vieillard? Vieux-
Thomas est reconnu pour porter haut ses soixante-dix-
sept années. À la vérité, il triche non par coquetterie, mais
par humanité. Il n'a que soixante-treize ans. Il a pris
l'habitude de se vieillir depuis qu'il s'est aperçu que, si la
jeunesse méprise les personnes âgées, elle a tendance à
manifester un mépris moindre pour les personnes très
âgées. La jeunesse... «Cher bon Dieu, si vous m'offriez
un remède miraculeux qui me rendrait la jeunesse, je
refuserais de le boire, et si vous m'obligiez de l'avaler sous
peine de me pousser en enfer, je vous désobéirais; dans la
vie d'à cette heure, y a plus de place pour l'homme, jeune
ou vieux.» La jeunesse est élevée dans un aquarium; les
enfants se doutent qu'ils n'en sortiront jamais; l'aquarium s'agrandira, mais ils vivront toujours dans un
aquarium et jamais le vent de la vraie vie ne viendra
griffer leur corps. Et leurs pères... Les pères de ces petites
épines dorsales trémoussantes... Ils sont hommes des
temps modernes. Ils ont du poil sur l'estomac et sur les
bras, mais si on les observe, on n'aperçoit vraiment que
leurs gros ventres de femmes enceintes, des gros ventres
bourrés de remèdes et de maladies, qui se promènent à de

folles vitesses, dans de fragiles voitures, à toute allure, acharnés à gagner la course vers le cimetière. Bien sûr, le temps a égratigné Vieux-Thomas. Tout à coup, le temps a bondi sur lui : un chat sauvage. Celui-là, il n'a pu l'arracher de lui et l'étrangler sous la force de ses pouces. Du jour au lendemain, il avait des rides au visage ; il devait cacher son crâne écorché sous sa casquette. Mais son corps est celui de ses vingt ans, celui qu'il avait le jour où il a épousé sa défunte femme, voilà cinquante ans. Il s'était fait coudre un costume pour la cérémonie. Dans ce temps-là, les travailleurs savaient travailler : les étoffes ne se démaillaient pas au premier vent. L'étoffe était résistante comme les ponts d'aujourd'hui. Sa défunte était une femme soignée, elle n'a pas laissé les mites approcher du costume. Il peut encore le revêtir. L'automne, avant les grands froids et les longues neiges, aux messes et aux enterrements, Vieux-Thomas arbore le costume qu'il portait à ses noces, à vingt ans. (Les hommes étaient des hommes : un homme était dur comme la pierre, fort comme un boeuf, bon comme le pain que les femmes savaient encore cuire. Vieux-Thomas quittait la maison pendant les hivers, il partait au loin, dans les forêts de l'autre côté des montagnes, et quand il levait les yeux vers le ciel, par-dessus les épinettes, il lui semblait que le ciel avait une odeur de pain frais. Aujourd'hui, qu'est-ce que vous sentez ? Le parfum de l'huile brûlée. Heureusement, le journal et la télévision s'accordent, disant que, pour l'huile, vous atteignez le fond du baril ! Et les hommes vont se déclarer une guerre atomique, et pire encore, pour décider qui va avoir le droit d'aspirer la dernière bouffée du parfum de l'huile brûlée... La jeunesse d'aujourd'hui est empoisonnée avant d'avaler sa première tétée.) Un jeune impoli lui a crié, un jour :

— Votre costume de noces est encore à la mode, Pépére, mais vous, vous l'êtes p'us.

Il a répondu :

— Quand tu auras mon âge, le seul costume qui va t'aller comme un gant, c'est un cercueil !

La jeunesse, oh ! la jeunesse... L'Homme dans la télévision a dit que le dessus de la terre entière va se recouvrir de glace, de la glace épaisse comme on n'en a jamais vu en hiver depuis des millions d'années. « Je me demande, cher bon Dieu, que va faire la jeunesse incapable pour arriver à survivre... » Ses yeux ne verront pas ce désastre, heureusement ! Il y a des temps pour toutes choses : pour les pommes de terre, pour l'eau d'érable, pour les veaux. L'époque n'est pas bonne pour la jeunesse.

— Pépére, vous allez nous enterrer tous ; vous avez encore des jarrets de chevreuil.

Ils ne connaissent pas plus cet animal qu'ils ne connaissent la vie. (« S'i' me comparent à un chevreuil, c'est tout bonnement parce qu'i' veulent me voir mort, avec ma photographie encadrée d'un ruban noir, accrochée au mur du salon, comme i' ont l'habitude d'accrocher au mur la tête empaillée du chevreuil qu'i' ratent pas toujours. Le chevreuil est pas armé, mais eux, i' mettent pas le pied dans la forêt sans traîner des carabines grosses comme la bombe atomique et qui pètent pour faire trembler l'église de Rome. I' tirent sur tout ce qui montre le bout du nez, sans savoir reconnaître un mulot d'un chevreuil. Puis quand i' ont tué, i' paradent comme s'i' venaient d'accoucher du monde entier. Un jour, i' prendront leurs fusils pour me chasser, moé et tous les vieux de mon âge... Qu'est-ce qu'i' connaissent du chevreuil ? I' savent pas comment ça laboure la neige quand ça y est enfoncé jusqu'au cou. I' savent pas comment court un homme, dans la neige. I' savent pas comment un homme court à la poursuite d'un chevreuil, dans la forêt, l'hiver : un homme qui a faim après toute une journée passée à se battre à coups de hache contre le bois gelé des arbres. ») Au camp, le soir, un bol de gruau l'attend. La Compagnie a calculé que les hommes ont trop mangé pendant l'hiver; une sévère économie est devenue nécessaire. La Compagnie a décidé que, le soir, les hommes mangeront du gruau puis iront dormir. Thomas a dans l'estomac un trou qui lui donne le vertige. Devant lui, parmi les branches, est-ce la forme d'un chevreuil? Une tête de chevreuil déchire la neige. Son ventre est rempli de sanglots. Thomas s'élance vers le chevreuil qui bondit. Thomas voit son corps rond, son pelage humide et fumant. Il sent l'odeur de sa chair nourrie de sapinages. Le chevreuil retombe dans une poussière blanche et il se faufile entre les branches qui laissent tomber des avalanches de neige qui l'écrasent, mais il rebondit. Thomas court. La neige enserre sa poitrine; ses pieds au fond de la neige heurtent des souches, se prennent aux pièges des branches basses. Il court. La neige est aussi lourde qu'une charrette attachée à lui. La neige s'accroche à son corps comme si elle avait deux bras puissants. Son corps, cependant, est rempli d'une force qui gigote comme un gros feu. Il se rapproche du chevreuil. La neige tourbillonne comme l'eau, quand une truite s'affole. La fumée monte des vêtements de Thomas. Le corps du chevreuil fume aussi. La bête est fatiguée: elle s'alourdit. Lui aussi, il est fatigué. Mais il doit courir plus vite que la bête, mieux qu'elle, se défendre de la neige. Elle pleure. Elle a peur. Elle respire mal. Elle étouffe. Elle ne peut plus bondir, s'arracher à la neige. Elle s'abandonne. La neige a gagné. Thomas grimpe sur son dos. La bête est chaude comme du sang. Il serre ses flancs entre ses cuisses. Maintenant ça ne sera plus difficile: couché sur le chevreuil, il glisse son bras sous le cou, il appuie sa tête contre celle du chevreuil et il serre. Le sang s'affole dans les artères de son cou. De son autre main, Thomas cherche le couteau dans sa poche, il tire la lame et, d'un petit coup vif, il perce le cou. Un sang bouillant gicle sur ses mains et le chevreuil se vide en pleurant dans la neige qui rougit autour d'eux. Thomas ne lâche pas le cou. Doucement le chevreuil cesse de pleurer comme s'il s'endormait. Les muscles n'essaient plus de se raidir. Les jambes n'essaient plus de bondir : le chevreuil devient mou comme s'il n'avait plus que son pelage. Alors Thomas le charge sur ses épaules et, resplendissant dans une buée violente, sanglant, en sueur dans la glace du vent, il pousse la porte du camp. Ce soir-là, les bûcherons jettent en blasphémant leur gruau le plus loin possible derrière les épinettes. Avec des gros rires d'hommes qui ont vaincu un malheur, ils mangent le chevreuil en se moquant des gros Anglais de la Compagnie qui avaient voulu donner la même ration aux bûcherons et aux serins de leurs femmes à perles. À cette heure, Vieux-Thomas est cloué dans sa chaise berceuse comme Jésus sur sa croix. Il aimerait partir à la chasse avec son couteau, mais les Autres ne le laissent pas sortir. « Vous vous perdriez », qu'ils lui disent. Il connaît aussi bien la forêt que sa prière du soir. Il aimerait aller tuer un chevreuil. Les Autres le forcent à rester assis dans sa chaise berceuse, comme si les jambes lui avaient été coupées. Attendre la mort en lisant le journal devant la télévision. Vieux-Thomas a remarqué une chose très curieuse : tous les automnes, depuis quelques années, son couteau de chasse disparaît. D'abord, il croyait l'avoir perdu, tout simplement. Mais le couteau semblait prendre l'habitude de réapparaître aussitôt que la saison de la chasse était terminée. Il a compris que les Autres lui cachaient son couteau de chasse avec l'idée que n'ayant plus d'arme, il ne penserait plus à la chasse. Quand un homme a maîtrisé dans ses bras des chevreuils sauvages, quand il a tué un ours à coups de hache, quand il a attrapé des lièvres à la main, les doigts dans la fourrure, un homme ne peut pas oublier la chasse. Un matin, son couteau de chasse, une fois de plus, avait disparu du tiroir où il a l'habitude de ranger ses objets précieux comme son tabac et son testament. Il le chercha pendant toute la journée, partout. Il retourna deux fois, dix fois, à chaque endroit de la maison où il se souvenait d'être passé. Cette disparition, plus que jamais, l'inquiétait. Son tracas était si grand qu'à un moment il sentit son front se fendre. « Ce mal va m'emporter » annonça-t-il aux Autres. Cette douleur à sa tête lui ramena à la mémoire le boucher, le père d'Arsène, qui, les jours de tuerie, courait le taureau, hache à la main, pour le coincer contre la clôture et, d'un coup sur le front, le faire tomber à genoux devant lui. Ce jour-là, Vieux-Thomas dut aller s'étendre sur son lit à la manière d'une faible femme : à son âge, les journées sont comptées : « Vous vous trompez jamais dans votre soustraction, cher bon Dieu » ; il a perdu cette journée : la souffrance la lui a volée. Il a eu si mal : la douleur avait envahi sa tête et tout son corps. La pensée du couteau perdu s'était noyée dans la souffrance. Le soir, pour prendre son tabac, il glisse la main dans le tiroir aux objets précieux. Le couteau de chasse était revenu. Il n'y pouvait croire : son couteau revenu dans ce tiroir qu'il avait rouvert cent fois. Sur la lame, il y avait du sang à peine séché. Il approcha la lame de son nez. Il ne souffrait plus. Dans son corps régnait une grande douceur. Ses narines reconnurent l'odeur du sapin dans le sang. C'était, sur la lame du couteau de chasse, du sang de chevreuil. Il en était persuadé et personne dans la maison ne connaissait assez la vie pour pouvoir le contredire. La tête légère, souriant, Vieux-Thomas revint parmi les Autres, prendre sa place autour de la table. Il savait — mais il ne dirait jamais — que son couteau était allé à la chasse, pendant qu'il était crucifié à sa chaise berceuse. Il se raconte souvent cette curieuse histoire. Ça pourrait être un rêve qu'il a fait, ça pourrait être une menterie qu'il a racontée aux Autres et qu'il a crue. Pourquoi ne serait-ce pas tout simplement la vérité dure comme pierre ? Les Autres lui défendent d'aller à la chasse. Vieux-Thomas ne leur pardonnera jamais, même à l'heure de son agonie. Cependant il se console, en riant derrière la peau de son visage de vieil homme, à la pensée que, pendant qu'il est assis tranquillement dans sa chaise berceuse, son couteau pourchasse le chevreuil dans les forêts. Ils ne veulent jamais le laisser se lever de sa chaise, ils lui interdisent de mettre les pieds là où il voudrait et là où il les a toujours mis pendant sa vie d'homme ; veulent-ils le voir mourir sous leurs yeux ? Ils tiennent à ne pas rater sa dernière grimace à la mort. Ils espèrent entendre son dernier souffle. C'est un cadeau qu'il ne leur fera pas avant bien longtemps : qu'ils attendent ! Il préfère encore être assis dans sa berceuse sur la terre, vivant, condamné à voir défiler les bêtises de la jeunesse plutôt que d'être allongé sous terre à regarder passer la nuit sans jamais voir apparaître une lueur du jour. Ils vont le voir longtemps dans sa berceuse. Oh ! il voudrait être aussi solide qu'elle... Du merisier. Un arbre abattu par lui, après l'avoir choisi parmi cent. Ensuite il l'a débité au godendard. Il l'a fait sécher. C'est un bois qui lui ressemblait, du bois comme sa jeunesse. Il entrait à peine dans la vingtaine quand il entreprit de bâtir sa chaise berceuse. Elle a traversé la vie avec lui. Lorsqu'il dort, la berceuse a l'air de continuer de songer à sa place. Construire sa berceuse est une entreprise importante : c'est bâtir sa deuxième ossature. Une ossature qui le soutient quand son corps lui rappelle qu'il est vieux. Parfois son âme semble sortir de son corps et son corps devient un sac vide. L'ossature de merisier supporte son grand âge et peu à peu, avec les bercements qui ressemblent aux mouvements de la mère qui berce l'enfant, l'âme revient au corps. À nouveau Vieux-Thomas peut se tenir debout sous le ciel du bon Dieu et marcher sur la terre des hommes, des arbres, des bêtes et des roches. Assis dans sa berceuse! On ne construit pas une berceuse sans penser qu'elle vivra plus longtemps que soi: alors on met un peu de soin et d'attention. On sait bien qu'une fois qu'on sera couché sous terre, d'autres corps vont s'emparer de la chaise berceuse qu'on n'aura pas emportée avec soi. On n'ose pas se raconter que l'âme reviendra sur la terre pendant les longues nuits; dans la berceuse retrouvée, elle se souviendra de son corps et du parfum du tabac. Donc le bois doit être fort pour supporter toute une vie d'homme. Les berceaux doivent osciller sur le plancher comme le bras bouge dans l'épaule. Il faut installer les accoudoirs ni trop haut, ni trop bas, mais juste à la hauteur où les bras ont envie de se poser quand ils veulent oublier le poids de la journée. Il faut que le dossier trouve l'inclinaison juste où le corps fatigué puisse s'abandonner confiant au repos. On ne construit pas sa berceuse sans connaître son corps. Assemblant toutes ces pièces les unes aux autres, on se préoccupe toujours du corps qui va s'y poser. Ce n'est pas la tâche du premier venu que de creuser une mortaise dans le jeune merisier qu'il faut avoir fait sécher à point: autrement le bois se tordrait comme un vieux rhumatisme dans une jambe. Le premier venu ne sait pas non plus comment tailler un tenon qui doit s'ajuster comme la pousse à la tige. Un homme n'acquiert pas toute cette connaissance au premier coup de marteau. On ne peut pas se contenter d'imiter la chaise qu'on a vue chez son père ou chez son voisin: on ne peut copier une chaise parce qu'on ne peut pas copier un corps. Il n'existe pas deux berceuses pareilles dans le pays entier. Aujourd'hui, la jeunesse ne fait plus rien et elle achète tout: les chaises, la nourriture, des perruques et même, à ce qu'on raconte, des ding-dong en plastique. Malgré les bouleversements du monde et des temps, un homme n'est pas un homme avant d'avoir construit sa chaise berceuse... Vieux-Thomas sait bien que les Autres attendent sa mort : enfin la berceuse sera libre. Ils sont condamnés à attendre. Les muscles dans ses bras sont encore aussi fermes que le fonçage de sa chaise en lanières d'orme tressées. Ils n'occuperont pas sa berceuse avant longtemps. Ce dont il est surtout fier, c'est de la décoration du dossier. Dans le frêne blanc, il a découpé des fleurs de lys, comme ils disent. Les fleurs de lys étaient des fleurs qui poussaient dans les terres de la vieille France. Pourquoi a-t-il choisi cette fleur pour sa berceuse ? Pour que ce soit beau. Sa vieille grand-mère brodait des fleurs de lys sur les nappes des grands jours. Il s'était amusé à broder dans le bois dur les fleurs qu'une vieille femme semait dans la dentelle fragile. Vieux-Thomas a dû oublier bien des bouts de sa vie, mais il se souvient comme si c'était hier de cet hiver où, le soir, près d'une lampe à huile, dans une lumière jaune qui tremblait sur les visages et dans la fumée du tabac, il se souvient du parfum du bois (le bois n'a son vrai parfum que lorsqu'il a été coupé), du bruit insistant de la scie qui découpait l'arc de cercle des berceaux et qui geignait d'être coincée dans le fil du bois, il se souvient des coups de vastringue qui adoucissaient les rugosités du bois et qui soulevaient des rubans qui s'enroulaient sur sa main avec cette chaleur douce qu'a une main de femme. Il s'en souvient... Un homme n'est pas obligé de se souvenir de tout. Dans une vie, il y a bien plus de choses que l'on oublie que de choses dont on se souvient. Peut-être la mémoire a-t-elle été donnée aux hommes pour oublier ? Le passé existe peut-être aussi pour être oublié. Cela, Vieux-Thomas ne peut pas l'expliquer aux Autres ; ils lui diraient encore une fois qu'il ne sait plus où est le passé, où est le présent, qu'il mélange le passé avec ce qu'il aurait voulu vivre. Il oublie un peu, c'est vrai... Sa Défunte, par exemple. Il se souvient très bien — ça, il s'en souviendra toute sa vie — d'avoir fêté avec elle ses noces d'or. Les Autres lui avaient fait acheter un costume neuf pour la cérémonie de la célébration. Il avait l'air d'avoir emprunté son costume à l'un des hommes que l'on aperçoit dans les catalogues des grands magasins. Ce costume, il ne l'a porté qu'une autre fois : à l'enterrement de sa Défunte. Il se souvient très bien qu'il a célébré ses noces d'or avec sa Défunte. Il s'en souviendra toujours. Pour l'empêcher d'oublier, ils ont mis dans sa chambre, sur sa commode où il range ses choses, mais où les Autres viennent toujours semer le désordre, une photographie sur laquelle on voit Vieux-Thomas, dans son costume emprunté, à côté de sa Défunte — qui était vivante en ces temps-là — et tous les enfants et les brus et les petits-enfants et des visages connus et beaucoup d'inconnus qui ont l'air de célébrer comme s'ils étaient de la famille, et l'on voit surtout, au-dessus de leur tête, un gros cinquante tout tressé de fleurs. Vieux-Thomas n'a jamais pu s'expliquer comment ce gros cinquante en fleurs pouvait tenir en l'air parce qu'il ne voyait pas de fil. Sa Défunte lui avait dit : « Ta vue baisse, mon vieux, et quand l'oeil est bas, le coeur est bas itou. » Il avait répondu : « Si je vois pas de fil, c'est parce qu'y a pas de fil. » Vieux-Thomas n'oubliera jamais qu'il a vécu plus de cinquante ans avec elle, mais l'autre jour, le Curé qui voulait prier pour l'âme de sa Défunte a demandé à Vieux-Thomas comment elle s'appelait. (« Défunte, ce n'est pas un prénom de jeune fille qu'on mène à l'autel... ») Vieux-Thomas ne s'en souvenait pas. Le Curé a essayé de ne pas paraître trop étonné et il a expliqué que l'eau coulant dans le ruisseau use peu à peu, patiemment, constamment, irrévocablement les cailloux ; qu'ainsi, Dieu a voulu que le temps qui coule dans la mémoire des hommes use lentement les souvenirs ; et que c'est la raison pour laquelle les hommes perdent la mémoire. Vieux-Thomas a rétorqué qu'il n'avait pas perdu la mémoire et qu'elle était aussi fraîche qu'au temps de sa jeunesse. Pour prouver au Curé qu'il ne mentait pas, il a énuméré le nom de sa mère, de son père, leurs dates de naissance, le nom de son grand-père et de sa grand-mère, même celui de ses arrière-grands-parents qui ont vécu toute leur vie, il ne l'a pas oublié, à Saint-Magloire-de-Bellechasse. («Vous voyez, je me souviens de tout.») À la vérité, seuls les noms d'enfants lui causent des soucis : ils s'agitent devant lui comme des sauterelles. Mais il n'oublie pas Jean-Thomas parce que, tous deux, ils portent le même nom. Mais les Autres... Tous ses descendants ne pouvaient pas s'appeler Thomas... Des noms d'enfants, ça bouge toujours, et ça grandit, et ça grossit, et ça se marie, puis on ne sait plus reconnaître ses enfants de ceux de ses enfants, et ça braille, les enfants, tous de la même manière, et ça rit, puis c'est sale et tout à coup c'est propre ; ça se traîne les fesses sur le plancher et tout à coup ça court les filles dans les champs. Comment alors retenir le nom des enfants ? Cette fois-là, pour retrouver le nom de sa Défunte, toute la journée, il a fouillé dans sa mémoire comme dans une liasse de vieux papiers, il a tourné et retourné ses souvenirs, il a déplié des bouts de sa vie, il a retrouvé des souvenirs égarés, mais non pas le nom de sa Défunte qu'il avait perdu le long d'une journée qui ne voulait pas revenir à la vie. Les Autres lui ont dit : «Vous avez l'air penseur, Pépére...» Il a répondu : «C'est parce que je pense à votre mort qui s'en vient.» Jamais, jamais, il ne leur aurait demandé le nom de sa Défunte. Ils se seraient moqués de lui pendant le reste de sa vie. Vieux-Thomas n'a jamais pu retracer le nom de sa femme ; parfois, il le sent dans ses lèvres, mais s'il veut le prononcer, alors, c'est le silence. Pendant plusieurs jours, il s'est acharné à retourner les années passées et il s'est souvenu qu'un jour sa femme pleurait de désespoir, dans un champ planté d'avoine qu'ils ficelaient en gerbes, parce qu'il y avait perdu son alliance et que c'était là le présage d'un grand malheur; Thomas, aussi désespéré que sa femme, rampait dans l'avoine, mais il ne pleurait pas, il regardait derrière chaque tige, le soleil brillait de toute sa force d'été, il y avait de l'or partout, sur toutes les tiges, Thomas était aveuglé; il avait trouvé son alliance et sa Défunte pleurait encore. Ensuite, Vieux-Thomas s'est de moins en moins préoccupé du nom de sa Défunte, comme s'il avait oublié qu'il avait oublié. Il n'a plus cherché. C'est avec sa Défunte qu'il a vécu; ce n'est pas avec son nom. Plutôt, comment se fait-il que sa berceuse soit devenue une cage? Sa berceuse qu'il a lui-même construite. Il répète souvent : « Je vous donne le conseil de jamais vous bâtir une chaise berceuse. D'abord, comme la jeunesse d'à cette heure a les deux pieds dans la même bottine et les deux mains dans la même mitaine, vous seriez pas capables de construire. Tout ce que vous savez faire, c'est d'acheter. Vous savez même pas payer. » En riant à s'étouffer, les jeunes lui demandent pourquoi ils doivent à tout prix éviter de se construire comme lui une berceuse. À cette question, il n'a jamais pu répondre; les Autres s'abattent sur la conversation et ils parlent de n'importe quoi qui n'intéresse plus personne. Ils ont peur de l'entendre dire toute la vérité. À ce moment-là, Vieux-Thomas se tait. Il n'a pas le droit de parler. C'est pourquoi il n'a jamais dit aux jeunes: « Si vous vous bâtissez une berceuse dans votre jeunesse, ce sera la cage de votre vieillesse. » Voilà ce qu'il aimerait leur dire même s'il n'y a pas dans toute la jeunesse d'à cette heure un seul jeune capable de tenir une égoïne assez ferme pour scier du bois en suivant la ligne tracée. Même Jean-Thomas, qui sait plus de choses que tous les jeunes parce qu'il a lu plus de livres que n'importe qui, doit avoir beaucoup de difficulté à différencier un marteau d'un clou. («Pauvre Jean-Thomas : trop de livres dans la tête et pas assez de vie.») Avec tout ce qu'il sait, il parle encore à son grand-père. Et quand il cause avec lui, Vieux-Thomas se sent transformé en grand livre... Les Autres ne lui permettent pas de s'éloigner de sa berceuse. L'été, par exemple, il aimerait aller à la pêche. Il a des hameçons. Ils les lui ont enlevés de son tiroir parce que «des hameçons, c'est pointu.» («Ces pauvres innocents pensent-ils qu'on pourrait piquer un hameçon dans le derrière d'un ver, s'il était pas pointu? Comment pourrait-on attraper une truite si l'hameçon était pas pointu pour s'enfoncer dans sa gueule? Voudraient-ils qu'un hameçon soit rond comme une boule? Alors le poisson devrait l'avaler comme une pilule et quand il l'aurait digéré, il donnerait un coup de queue pour avertir qu'il est prêt à sortir de l'eau.») Vieux-Thomas possède des hameçons. Il possède une ligne à pêcher enroulée dans son tiroir sur un bout de branche d'aulne qu'il avait coupée avec son couteau la dernière fois qu'il est allé à la pêche. Ses bottes de caoutchouc sont rangées dans le placard. Elles ne sont pas trouées. Si elles ne vont plus dans l'eau des rivières à truites, elles sécheront et deviendront inutilisables. Son couteau de chasse, dans son tiroir, est aussi pointu que les hameçons. Les Autres lui ont enlevé les hameçons : ils vont certainement vouloir encore lui confisquer son couteau. Que peut-il faire pour se défendre depuis qu'ils le gardent prisonnier dans sa berceuse? Lui, qui a tant marché et tant travaillé sur les chemins de la vie, il pourrait marcher et travailler longtemps encore sur des chemins nouveaux, mais les Autres le croient devenu aussi impuissant qu'un petit enfant qui ne sait pas marcher et qui ne connaît pas le mot travailler. Il voudrait crier sa colère, mais il n'arrive qu'à sangloter : «J'ai besoin de mon couteau.» Les Autres s'approchent et ils lui parlent avec douceur comme s'ils étaient penchés sur un berceau. Ils promettent de lui rendre ses hameçons dès demain, de ne plus dérober son couteau de chasse, « mais ces objets-là sont si dangereux, vous pourriez vous blesser, vous couper les doigts». («Innocents, j'ai tué avec mon couteau des chevreuils, des ours, des orignaux et des lièvres, tant et plus, et j'ai jamais reçu une seule égratignure.») Il pleure. Depuis qu'il est forcé de vivre dans sa berceuse, Vieux-Thomas n'a plus rien à faire que de penser. Un homme qui pense est un homme qui devient triste. Ah! S'ils voulaient lui permettre d'aller lever quelques truites cachées dans les ombrages, entre les aulnes de la rivière Famine... Il a des bottes, du fil à pêcher, des hameçons... Il ne lui reste qu'à amasser des vers. Ce n'est pas difficile : le jardin en est plein. Souvent Vieux-Thomas en ramasse et il les met dans ses poches pour être prêt au cas où les Autres le laisseraient partir à la pêche. Alors il descendrait, derrière l'église, la montagne entre les fougères et les marguerites qui sont comme des étoiles dans l'herbe, il marcherait dans le trèfle et son passage soulèverait un nuage de mousse détachée des pissenlits, il avancerait parmi les papillons et les sauterelles, il entendrait cet oiseau qui siffle avant d'éclater de rire puis il entrerait sous les hautes épinettes qui sentent la sève, douces et entourées d'ombre douce ; d'arbre en arbre, les sentinelles des oiseaux crient qu'un homme approche ; parfois il empoigne le bout d'une branche et il écrase la touffe des aiguilles dans sa main juste pour sentir sa force ; un peu plus loin, il reconnaît, derrière le parfum des épinettes, celui de la rivière. Il s'arrête. Les oiseaux se taisent, inquiets. L'odeur fraîche de la rivière descend dans sa poitrine comme le goût de l'eau véritable. Il entend la musique de l'eau sur les pierres, de l'autre côté du feuillage où tâtonne le soleil. Les moustiques dansent autour de lui sans lui toucher. Ce ne sont plus des épinettes maintenant, mais des aulnes drus, piqués dans une terre moussue et qui sent encore plus frais que la forêt. Il se fraie un passage parmi les feuilles nerveuses et les aulnes cinglants se referment derrière lui. Voici la rivière folle et agitée comme la jeunesse. Mais l'eau est sombre parce qu'elle reflète en même temps toutes les couleurs de la forêt et du ciel. Des ombres nerveuses zigzaguent : des truites se faufilent dans les replis froufroutants de l'eau. Il enfile l'appât sur l'hameçon qu'il laisse tomber aussi légèrement qu'un moustique effleure l'eau. Vieux-Thomas s'avance, il guide l'hameçon entre les hautes herbes et les cailloux. Il doit donner à ses bottes le bruit de l'eau sur les cailloux, à son corps l'apparence silencieuse et verte des feuillages penchés sur l'eau ; il cherche la lumière et l'ombre qui feront disparaître le fil et la canne. Le seul étranger dans la rivière qui coule vers l'été est un petit ver rose sur lequel la truite bondit et voici la truite, hors de l'eau, qui frétille, frémit dans la main de Vieux-Thomas qui se referme pour étrangler ce rouleau de muscles affolés. Est-ce une journée dont il se souvient ? Est-ce une journée qu'il aurait aimé vivre ? Vieux-Thomas n'est pas à la pêche, mais dans sa berceuse. Les Autres le gardent prisonnier. Ils lui interdisent de marcher jusqu'à la rivière Famine. («Si vous mourriez là-bas — à votre âge, on peut mourir n'importe quand — votre corps tomberait dans la rivière et vous arriveriez chez le croquemort tout mouillé et tout plein d'eau ; c'est pas une manière chrétienne de partir...») C'est ce qu'ils lui ont dit, ou quelque chose comme ça. Vieux-Thomas ne peut pas aller plus loin que sa berceuse, il ne peut qu'aller, sur ses berceaux, en avant, en arrière. Le temps passe : en avant, en arrière. Doucement, en avant, en arrière, il se transforme en berceuse : les barreaux, les montants, le dossier, le siège se soudent à son corps et se confondent avec ses os. Les Autres lui accordent au moins la permission de se parler, de se raconter le présent, le passé ou bien l'avenir. Dans une seule journée, il parle autant que l'Homme dans la télévision. Aussi longtemps qu'il s'entendra parler, il ne sera pas mort. Les paroles ne sont pas la vraie réalité : penser à une truite, ce n'est pas la tenir glissante et frémissante dans sa main, mais les paroles font une magie qui ressuscite les choses mortes et fait vivre ce qui n'est pas encore vivant. Les paroles donnent la vie. Vieux-Thomas se dit le nom de la chose et la chose apparaît dans sa couleur, avec son goût et son odeur. Dans sa tête, la truite parle, l'eau parle, la forêt parle ; aussi longtemps qu'il les entendra, aussi longtemps qu'il saura leur répondre, le grand Silence, le dernier Silence — qui doit ressembler à un long hiver pendant lequel on a perdu l'espoir du printemps — n'osera pas venir rôder trop près. Vieux-Thomas ne réussit plus à apprendre les mots nouveaux qui surgissent avec le temps et il lui arrive souvent d'oublier les mots anciens qu'il a toujours sus. Les mots tombent de sa mémoire comme les feuilles à l'automne. Vers où le vent les emporte-t-il ? Les paroles le gardent vivant dans sa berceuse. Un homme peut être fier d'avoir su bâtir quelque chose qui a traversé tant d'années sans se briser, à la manière d'un bateau qui tient la mer, celui, par exemple, qui, du bout de la France, à travers les mers, avait amené ses aïeux au pays de Québec. À cette heure, il saurait encore construire si les Autres le laissaient libre. Il pourrait même construire son cercueil. Où ont-ils encore caché ses lunettes ? Pourquoi cachent-ils toujours ses lunettes ? Ils oublient toujours où ils les ont cachées. Et ces innocents, en furie, tous ensemble, à quatre pattes sur le plancher ou grimpés sur des chaises, cherchent ses lunettes. Ils lui interdisent de poser les yeux dans le journal aussi longtemps qu'ils n'ont pas retrouvé ses lunettes. Pendant ce temps-là, les nouvelles vieillissent : il apprend que les Noirs et les Blancs échangent des coups de bâtons alors qu'ils ont fait la paix depuis deux jours. L'autre semaine, Vieux-Thomas annonça qu'un homme dans un avion avait brandi un poignard et que le pilote avait conduit l'homme dans le pays qu'il avait choisi — un pays sans tempêtes de neige ni glace, avec des fleurs et des filles brunes en robes roses. L'homme au poignard avait aussi exigé qu'on libère de prison sept de ses amis. Un autre avion a conduit les sept prisonniers dans le même pays. Là, l'homme au poignard et ses sept amis ont été reçus comme des rois, sous une averse de fleurs et sur des tapis longs comme la route jusqu'à la ville de Québec. Les Autres ont ri, l'un s'est étouffé avec son gâteau dans la bouche et, secoué par ses rires, a renversé sa tasse de café sur la nappe. La Bru hurlait et les jeunes disaient :

— Pépére, vous lisez toujours la même nouvelle ! Y a eu d'autres journaux depuis...

— Pépére, j'étais pas encore né quand cette chose-là est arrivée.

— Pépére, i' est comme le Devoir : «lisez le journal de demain pour connaître les nouvelles d'hier !»

Cette histoire de l'homme au poignard était devenue vieille pendant qu'ils cherchaient ses lunettes, n'arrivant plus à se souvenir où ils les lui avaient cachées. Les Autres savent qu'il est curieux de nouvelles fraîches. Pour le faire souffrir parce qu'ils ne pensent qu'à se débarrasser de lui (ils veulent s'asseoir le plus tôt possible dans sa berceuse), ils ont eu l'idée d'insérer de vieilles pages parmi celles du journal neuf. Un des jeunes lui a dit : «Pépére, les pages sont tout mêlées comme vos idées.» Vieux-Thomas n'a pas répondu : «T'as pas encore traversé ta jeunesse et t'as la tête chavirée.» Lire de vieilles nouvelles... Un homme s'ennuie. C'est pourquoi il tourne son journal la tête en bas. S'ils s'en aperçoivent, ils rient à se fendre le ventre ;

24

ils se le tiennent à deux mains. La tête en bas, les vieilles nouvelles ont l'air plus jeunes. Puis, les seules nouvelles intéressantes de nos jours... Il n'y a plus rien d'intéressant à cette heure. Anciennement c'était captivant de lire la page des morts. Dans ce temps-là, il connaissait souvent le nom du mort, même il connaissait parfois le mort lui-même ou bien, à voir la photographie, il se rappelait l'avoir déjà aperçu. Aujourd'hui les morts sont tous des étrangers. « Qu'ils aillent au diable, mon cher bon Dieu. » Quand il s'attarde dans cette page, l'un des jeunes demande toujours :

— Pépére, votre nom y est-i' ?

Seul Jean-Thomas sait parler un langage d'homme. Les Autres ont assez de poison dans la bouche pour infecter une vipère venimeuse. Mais il ne voit pas souvent Jean-Thomas. Et les guerres ? Les guerres d'à cette heure, c'est du désordre : comme la paix, comme le reste du monde moderne. Essayez donc de savoir avec certitude qui tue qui... Vous ne le saurez jamais. Alors n'essayez jamais de savoir pourquoi ils se tuent. Demandez-le à l'Homme dans la télévision. Il a l'air de savoir pas mal de choses, mais il a l'air aussi de ne pas vouloir dire ce qu'il sait. Par exemple, il paraît qu'aujourd'hui la Reine d'Angleterre est en visite à Montréal. La télévision a montré des policiers qui colletaient des adolescents. Pourquoi ces pères-là donnent-ils des coups à des enfants ? L'Homme dans la télévision ne l'a pas dit. Il y a les famines. Dans ces cas-là, on sait pourquoi les gens meurent. Ces enfants sont tristes à voir, tout en os qui percent la peau, avec un ventre gonflé, tendu comme s'ils y portaient une grosse pierre. « S'ils se plaignent de la sécheresse, pourquoi est-ce qu'ils vous prient pas, cher bon Dieu ? Vous refuseriez pas d'envoyer à ces gens-là autant de pluie que vous en déversez par icitte. » Il y a aussi les avions. Quand un avion traverse le ciel, comme des ciseaux qui coupent un tissu, peut-il savoir, dans sa berceuse, si l'avion avance avec la liberté de l'oiseau ou si quelqu'un force le pilote avec un poignard ou un revolver ou une mitraillette?... Ou même avec une grenade... Si le pirate faisait exploser la grenade, l'avion éclaterait en miettes qui tomberaient comme une neige d'acier sur les toits, dans les fenêtres et sur les gens qui passent dans la rue. Peut-on savoir, de la terre, ce qui se passe dans le ciel? L'avion est déjà disparu derrière les nuages sans exploser. S'ils avaient connaissance de ses pensées, les Autres l'accuseraient encore une fois d'avoir des idées de vieux. Sa peau a jauni comme le vieux papier journal, mais le coeur est ferme comme le coeur d'un érable de cent ans et le sang bat là-dedans comme si c'était le mois d'avril. Vieux-Thomas est assez jeune pour partir à la pêche et, en revenant, abattre à la hache le cèdre avec lequel il pourrait construire son propre cercueil. «N' me parlez pas des cercueils d'à cette heure. Le défunt est pas plus à l'abri là-dedans que si on vissait les poignées chromées directement à son corps.» Oh! il en a construit des cercueils. Il ne veut pas compter combien de petits cercueils sont sortis de cette maison. Il a perdu des enfants. Ses enfants ont perdu des enfants. À chaque mort, les mères, les brus, les marraines pleuraient tant de larmes que le bois en renflait. C'est étrange, le cèdre frais à une odeur de chair d'enfant. Vieux-Thomas assemblait les côtés, il clouait le fond. Après, il se lavait les mains; c'était du vrai savon dans ce temps-là, fait avec de la graisse des animaux qu'il élevait et tuait. Ses mains d'homme essayaient de devenir blanches comme celles d'une femme, sans charbon, sans cambouis, sans résine. Alors il déroulait une pièce de feutrine blanche et, avec les ciseaux à coudre de sa Défunte, il taillait des lisières pour recouvrir la boîte. Ses gros doigts rugueux cousaient avec plus de dextérité que ceux d'une femme.

Personne ne pouvait dire où étaient les coutures. Comment faisait-il? «Le Christ avait une robe sans points ni coutures. Cet enfant-là, c'est un enfant du Christ. I' mérite un cercueil comme la robe du Christ.» Il vissait le couvercle avec de petites vis dorées en forme de croix. Il les avait trouvées au magasin général. Il les avait achetées toutes, en prévoyant l'avenir. Qu'il en est sorti de cette maison des petits cercueils blancs, l'hiver, l'été, le printemps... «Cher bon Dieu, pourquoi avez-vous décidé de les empêcher de vivre?...» Il n'acceptait pas. Il n'oubliait pas. Il ne pardonnait pas. Mais le temps passait. Les vivants étaient tellement bruyants qu'ils n'entendaient plus le silence des morts. «L'histoire de la vie, on peut se demander si c'est pas seulement l'histoire des morts... Cher bon Dieu, on acceptait votre Loi, mais on comprenait pas toujours.» Ah! un cercueil, Vieux-Thomas saurait encore comment ça se construit! Mais il aimerait mieux bâtir quelque chose de vivant, une maison... Il n'appartient pas à la génération de ces couillons de jeunes qui ne savent rien faire de leurs mains et qui ont les bras comme des branches mortes. Même les jeunes taureaux, à cette heure, ne savent plus rendre les honneurs à leurs vaches et ces pauvres femelles amoureuses sont condamnées à se faire servir par les petits hommes pâles du Gouvernement qui achètent la semence dans des magasins spécialisés. Bientôt les gens, au lieu de fabriquer leur propre crotte, vont préférer aller l'acheter dans des sachets de plastique. Jean-Thomas appelle ces gens-là des consommateurs: ces gens-là pensent que la vie est un magasin général où tout ce qu'ils veulent est sur des rayonnages, à vendre. Acheter... Acheter... Si les Autres ne le gardaient pas prisonnier dans sa berceuse, Vieux-Thomas prendrait sa hache sur son épaule et il descendrait la montagne pour aller choisir un grand cèdre et l'abattre en quatre coups. Il l'ébrancherait. Il demanderait qu'on lui prête un cheval, il enchaînerait le tronc et le cheval le tirerait jusqu'à la scierie où le tronc serait divisé en belles planches parfumées qui sentent aussi bon que la forêt entière. Il n'achèterait pas le bois de son cercueil : il le couperait lui-même, comme il a coupé celui de sa maison.

— Pépére, vous radotez encore!

— Pépére, supposons qu'on vous redonne votre hache. Qu'est-ce que vous allez considérer comme un arbre? Le Pére? La Mére? Le Curé? Le Notaire? La jambe de bois de William Labonté?

Ils ont caché sa hache. Comme son couteau de chasse. Comme ses lunettes, et son tabac. Ses autres outils, où sont-ils? Où les Autres ont-ils caché ses égoïnes? Où est passé son saint-joseph qui découpait si finement? Sa plane, où l'ont-ils mise? Ses troussequins? Ses vilebrequins? Et son rabot à semelle de hêtre (un hêtre qu'il a lui-même abattu et dont il a lui-même, dans son feu, forgé la lame)?

— Pépére, si on vous laisse faire, le Québec entier risque de se retrouver déboisé.

Qu'ils se moquent! Ils lui ont volé ses outils comme ils lui voleront un jour sa berceuse qui lui appartient comme son propre nom. Cet arbre aurait pu rester arbre toute sa vie, pousser, grossir et tout à coup sécher, voir ses branches devenir fragiles comme des coquilles d'oeuf, et s'écrouler tout entier, en se brisant. Au lieu de ce destin misérable, par les mains de Vieux-Thomas, l'arbre est devenu une berceuse qui a traversé toute une vie d'homme. Et Vieux-Thomas, qu'est-il sorti de lui? Est-ce qu'il a fait, de lui, quelque chose qui le distingue de l'arbre oublié dans la forêt, qui pourrit sur ses racines? Il a fait des enfants. A-t-il sorti de lui quelque chose, semblable à sa berceuse qu'il a tirée de l'arbre? Sa maison débordait d'enfants. Des enfants, ça vieillit, ça pourrit, surtout les enfants d'à cette heure. Des bouches qui vident leur assiette dès qu'elle est remplie. Des pieds qui grandissent trop vite et qui trouent le cuir. Tout à coup, Vieux-Thomas s'est aperçu qu'il avait semé trop de pommes de terre et qu'il devait acheter moins de souliers, après l'été, en septembre : les enfants étaient partis. Il était devenu vieux. Alors l'a pris un besoin de se reposer les jambes et de s'asseoir dans sa berceuse pour penser à tout ce qui s'était passé dans sa vie et essayer de voir ce qui peut-être s'en venait au bout de l'avenir. La Défunte est partie. Les Autres ont commencé à lui interdire d'aller ici, d'aller là, de toucher à ceci, de toucher à cela. Depuis, toutes les journées se ressemblent et souvent « mon cher bon Dieu, j'sais p'us si la journée que je vis est hier ou demain. J'sus prisonnier dans ma chaise, mais au moins, c'est moé qui l'ai faite de mes mains. » Un jour, il a ouvert son couteau de chasse et il a commencé de graver son nom dans le merisier du dossier. Les Autres se sont précipités sur lui comme s'ils l'avaient vu allumer le feu. Avec le nom de Vieux-Thomas gravé dans le bois de la berceuse, ils n'auraient plus jamais été capables d'oublier que cette berceuse était sortie de ses mains autant que de l'arbre. C'est pourquoi leurs mains se sont serrées sur lui comme des gueules de chien pour lui arracher son couteau de chasse. Vieux-Thomas n'a pas voulu se défendre. Il s'est laissé dépouiller avec une timidité d'enfant soumis. Malgré qu'il ait dans ses jambes et dans ses bras la force de partir par une belle journée d'hiver, de se faufiler entre les branches sans les faire craquer ni faire tomber la neige amassée, de se cacher dans l'ombre d'une épinette et cacher avec ruse son odeur dans celle de l'épinette, il ne s'est pas défendu contre eux, il a été doux comme l'enfant Jean-Thomas quand il était puni ; pourtant Vieux-Thomas a assez de force et de chaleur dans son corps pour attendre des heures, enfoncé dans la neige, sans bouger, dans l'air si froid que le vent ne peut s'y lever, attendre et, quand apparaît le chevreuil au corps luisant de sueurs qui fument en gelant, courir derrière lui dans l'air blanc, le poursuivre, l'affoler, le désespérer, le précipiter vers le filet noir des branches camouflées dans la neige épaisse; Vieux-Thomas est en sueur, son corps est entouré d'une buée blanche comme celui de l'animal qui ne peut plus lever ses pieds; épuisé, le chevreuil laisse tomber son nez dans la neige qui est une boue froide serrée sur ses jarrets. Vieux-Thomas, lui, n'est pas encore épuisé, il saute sur le dos de l'animal et d'un coup de lame, il lui déchire le cou.

— Tiens! Pépére vient de tuer un autre chevreuil!

Les Autres rient comme s'ils étaient drôles. Vieux-Thomas leur prouvera un jour qu'il a conservé toute la force de sa jeunesse, une force qu'ils n'ont jamais connue et qu'ils n'ont jamais possédée dans leur sang mou. Fort, il l'est encore... Et adroit... S'ils le laissaient faire... Mais ils lui interdisent tout, parce qu'il n'est pas jeune. Parce qu'il n'est pas jeune, ils ont décidé qu'il était mort. Enseveli dans sa berceuse. «Cher bon Dieu, la vie, est-ce que c'est seulement la jeunesse? Dans ce cas-là, vous auriez oublié un grand bout de l'homme... Moé, j'pète de vie, pourtant j'ai pas la jeunesse. Mon cher bon Dieu, qu'est-ce que c'est la jeunesse quand on sait qu'y a sur la terre plus d'hommes morts que de vivants, plus d'arbres morts que d'arbres vivants, plus de bêtes mortes que de vivantes; dans le ciel, y a plus d'oiseaux morts que d'oiseaux vivants. Y a encore des personnes qui comprennent pas ça. Mon cher bon Dieu, c'est Vous qui l'avez dit: après la mort, les hommes, les animaux, les arbres et les oiseaux continuent de vivre comme avant leur mort. Nous, on peut pas les voir parce qu'ils sont morts et parce qu'on a des yeux de vivants. Eux, ils vivent comme si on était morts et ils nous regardent avec leurs yeux de morts. Mourir, ça veut dire que personne ne peut plus nous voir vivre.» Quel vent lui a donc amené ces idées ? A-t-il lu cela dans le journal ? L'a-t-il entendu à la télévision ? La jeunesse ne sait rien de cette vérité-là... En tout cas, Vieux-Thomas pourrait construire sa maison, sa propre maison comme dans les temps passés. Construire un cercueil ou construire une maison : un cercueil c'est une petite maison où l'on va demeurer plus longtemps que dans l'autre. Mais une maison a des fenêtres : quand on est vivant, on est curieux, on aime voir tandis que les morts ont trop vu. Pour une maison, la première chose à laquelle on pense, c'est les fenêtres. À la naissance des enfants, la première question que posait sa Défunte était : «Est-ce qu'i' a de bons yeux ?» Les fenêtres sont les yeux de la maison : ils n'ont pas besoin de s'ouvrir grand, mais ils doivent voir très loin : le printemps au bout de l'hiver, ou, parmi les pluies violentes, la menace des éclairs, ou bien, à l'horizon de l'automne, l'approche de l'hiver. Les fenêtres disaient que le temps était venu d'ensemencer la terre, de tuer des bêtes, d'engranger la moisson, de couper le bois, de rechausser le solage. Les fenêtres ouvertes sur le ciel disaient quand il devait entreprendre ces tâches qui font qu'un homme ne se demande pas pourquoi il est sur la terre. Le soir, l'homme rentre à la maison pensant au baquet d'eau chaude que sa femme lui apportera pour se laver de la poussière du jour, de la terre et de la suie des abatis. L'homme est grand et le plafond est bas. Toute la journée, il s'est battu contre des arbres forts de leur sève et de leur centaine d'années, il s'est battu contre les pierres dont chaque printemps la marée inonde la terre labourée, il s'est battu contre des souches accrochées à la terre plus désespérément qu'aucun homme ne saurait embrasser la vie. Il s'est battu pour que ses enfants n'aient pas faim ; il s'est battu pour vivre la saison prochaine. Les enfants se taisent à son entrée. De loin, il les entendait criailler et piailler. Sa Défunte verse l'eau sur ses mains. En silence, il efface les signes du combat. À cette heure, dans sa berceuse, contre quoi Vieux-Thomas se bat-il ? Il ne se bat pas pour la vie ; elle coule en lui comme une rivière ignorante de son âge. Partout dans le monde, l'on se bat : le journal et l'Homme dans la télévision racontent des guerres dans des pays lointains où des hommes se massacrent parce qu'ils ont du plaisir à se tuer. Les hommes se battent dans des villes dont jamais personne n'a entendu le nom, ils se battent dans des jungles où il y a plus de serpents et de moustiques que d'arbres et de feuilles, ils se battent dans des terres si sèches qu'un brin d'herbe y mourrait de soif. Les hommes se battent même à Montréal, une ville du pays de Québec. L'Homme dans la télévision a montré des policiers, serrés comme les briques d'un mur, qui cognaient sur des jeunes à coups de bâtons comme leurs pères frappaient à coups de hache les arbres à abattre, et qui marchaient sur leurs corps tombés comme dans de la crotte de chien : des jeunes qui avaient l'âge des fils et des filles des policiers. La Reine d'Angleterre est en visite au pays de Québec. Au lieu d'organiser dans les rues une danse générale, le Gouvernement a préparé un grand abattage contre la molle jeunesse d'à cette heure. Vieux-Thomas, à l'âge de ces jeunes, entreprenait de construire sa maison. Pour un homme, bâtir sa maison, c'est naître une deuxième fois. Naître dans une vie d'homme. C'est dire : « voici le point sur la terre d'où je veux partir et où je veux revenir », c'est choisir le point du ciel que l'on veut avoir au-dessus de sa tête, c'est choisir la colline que l'on veut monter et redescendre tous les jours, c'est choisir le vent qui nous apportera la neige, c'est choisir les arbres qui donneront du feu l'hiver, de l'ombre l'été, c'est choisir la terre qui fournira la nourriture aux enfants et aux bêtes, c'est choisir l'endroit d'où les enfants partiront et auquel ils penseront toute leur vie. Vieux-Thomas pense tous les jours à ce lieu de roches, de collines rudes, d'épinettes et de vaches osseuses où son père avait bâti sa maison. Il en est parti un jour et il n'y est plus jamais vraiment revenu car il avait dans sa tête le rêve de sa propre maison. Ce rêve était trop grand pour loger dans la maison de son père. Pour donner corps à son rêve, Thomas a d'abord cherché une colline. De là, il pourrait voir au loin, voir jusqu'au bout de ses champs, quand il aurait abattu les épinettes, arraché les souches et les pierres, labouré et ensemencé. Un homme qui ne peut voir jusqu'à l'horizon est un homme malheureux. Thomas s'est promené dans la forêt en ce début d'hiver dont l'odeur de glace sur les feuilles et dans la mousse parfumera toujours sa mémoire. Il a choisi des pins qui avaient la droiture et la hauteur nécessaires pour devenir la charpente de sa maison ; aussitôt il les abattait. Un homme se sent grand après avoir étendu, vaincu, un arbre aussi vivant que lui, qui se nourrit comme lui de la terre, qui est fasciné, comme lui, par le ciel et qui a, comme lui, du sang dans les artères. Ces troncs ébranchés, écorchés, luisants, dans sa tête sont déjà lambourdes, solives, planches, jambettes ; à la fin, sa maison ressemble moins à son rêve qu'à la maison de son père. Avant que la neige ne tombe épaisse, Thomas et son cheval ramassent en tas les troncs éparpillés. Il les enchaîne ensemble et le cheval les tire sur la terre gelée vers une grange où ils vont sécher. « Cher bon Dieu, un homme qui possède pas un arbre qu'i' peut appeler « mon arbre », un arbre qu'i' a abattu ou un arbre qu'i' a planté, cet homme-là peut pas connaître la fierté. » Heureux, avant les grandes tempêtes, Thomas prend son sac, sa hache, et part au loin, de l'autre côté des montagnes, vers les chantiers des Anglais. Il ne revient qu'au printemps quand la glace des lacs est redevenue eau claire. Avant d'aller saluer son père, il entreprend de tailler un passage parmi les arbres de sa terre. Au bout, il déblaie l'espace pour sa maison. Puis il défriche, derrière la maison, le jardin. Se hâtant, il pense pouvoir défricher un champ. Dès l'aube, jusqu'au soir, sa hache frappe et la forêt entière résonne. Les sapins, les épinettes tombent. Avant la fin du jour, il ramasse les branches et il allume un grand feu qui ne s'éteindra que tard dans la nuit. Très loin, on sait que c'est le feu de Thomas ; et l'on sait que chez cet homme, il y a la force du feu. On lui dit qu'à leurs fenêtres les jeunes filles regardent le feu avant de s'endormir. Il rit. Le matin, il recommence. Il labourera sa terre à l'automne et il l'ensemencera au printemps suivant. Tôt le lendemain, il continue. En même temps, il creuse, au pic et à la pelle, une tranchée dans cette terre où s'emmêlent les racines et les pierres dans une vie désordonnée. Suivant la ligne du carré de sa maison, il creuse aussi longtemps qu'il n'a pas rencontré le tuf, solide comme le bon Dieu, qui portera les longues pièces de cèdre sur lesquelles sa maison se tiendra debout. Les hommes de la scierie ont équarri les troncs en prenant grand soin de laisser le coeur au milieu de la pièce. Lui-même, il taille les mortaises, les tenons et les queues d'aronde. Les hommes du village, selon la coutume, viennent l'aider à dresser la charpente. Quand elle est bien chevillée, il cloue des planches embouvetées et le bardeau couleur d'or chanfreiné à la plane. Sa maison sent comme une forêt vivante. (« Ah ! cher bon Dieu, bâtir sa maison, c'est bâtir son propre corps ! ») Thomas ne marche plus comme avant quand il traverse le village. C'est un homme qui a un toit sur la tête, qui a des murs autour de lui et qui a un lieu où amener la femme choisie comme il a choisi le pin et le cèdre pour sa maison. Quand descend la nuit, Thomas n'a pas peur. Puisqu'il a construit une maison qui se tient debout dans le jour, il saura affronter les monstres de la nuit. Au lever du soleil, il n'a pas honte de se montrer, il ne rougit pas d'être un homme... À cette heure, Vieux-Thomas sent son corps se courber sous la honte d'être condamné, dans sa berceuse, à attendre que le passage lent des heures use ses os jusqu'à ce qu'il ne puisse plus rester assis ; alors les Autres l'étendront dans un lit et ils attendront que son souffle devienne assez léger pour s'envoler comme un ange. « De la force ! Cher bon Dieu, j'en ai assez pour entreprendre de bâtir une autre maison ! » Il ne pourrait plus la remplir d'enfants, mais il pourrait la construire assez grande pour abriter tous les enfants de ses enfants. La mort avait pris son père dans un éclair, sous un arbre : un éclair, racontèrent les villageois, qui l'avait brûlé autant que s'il avait passé vingt ans chez le Diable. Les villageois dirent aussi qu'il avait bien mérité d'être enfourché par le Diable, lui, qui toute sa vie, avait fait rouler dans la forêt le tonnerre de ses blasphèmes épouvantables. Au lieu de mourir comme un homme, comme son père, Vieux-Thomas mourra comme une femme, comme sa mère qui s'était endormie dans sa berceuse pour ne plus jamais se réveiller. Vieux-Thomas a dans son corps toute la force de son père, il a dans la bouche les brûlants blasphèmes de son père, mais il attend la mort comme une femme usée, trop faible pour tenir la laine de son tricot. Vieux-Thomas pourrait abattre des cèdres et des pins, rouler des pierres... Quand la vieille femme trouvait assez de force pour bouger contre son ventre ses petites mains sèches et usées, elle faisait le geste, il s'en souvient, de dodeliner un enfant. Vieux-Thomas est plus vieux que sa mère n'a jamais été et il a vu plus d'hivers et plus d'étés que tous les anciens qu'il connaît. Au fond de son âme, parfois, il oublie les rides que les inquiétudes et les bonheurs de vivre ont marquées dans son corps, il oublie le temps traversé, il oublie les visages et la mort de ceux qui ont vécu avec lui ; son âme retourne au commencement de la vie parce qu'elle a tout oublié. Son âme est celle de l'enfant que Vieux-Thomas ne se souvient plus d'avoir été. Dans son corps de vieil homme rapetissé, son âme est devenue si petite, si fragile. Elle frémit d'une grande peur, d'un profond désespoir : toute sa vie d'homme ne l'a pas guéri de sa grande peur. La vieille femme dans la berceuse referme les bras autour de Vieux-Thomas et le protège. — Hé ! regardez ! Pépére demande sa bouteille de lait ; i' braille. Brûle en lui une déchirure comme s'il était brusquement déraciné de tout son temps vécu. Il écoute descendre les larmes sur ses joues. Dans sa berceuse, il ramène les bras contre lui, souffrant soudain d'un désir semblable à celui qui l'a déjà torturé, l'hiver, dans les temps passés, au milieu du silence de la neige, un besoin de voir sa Défunte, comme si, de ne pas la voir, il cessait de vivre. Mais elle est si loin, elle est dans le printemps, au bout de l'hiver. Alors son âme et son corps n'étant plus que ce désir, il s'attaque aux arbres. De les briser et de les voir s'effondrer sous ses coups allument en lui un autre feu qui dévore celui de la faim tenace de voir sa femme. C'est un enfant que Vieux-Thomas voudrait tenir dans ses bras, c'est à un enfant qu'il voudrait chuchoter à l'oreille de ne plus avoir peur de la vie, tenir un enfant qui ne sait pas qu'il sera un jour un vieillard assis dans une berceuse. Tous les enfants de Vieux-Thomas sont partis il ne sait où — comment pourrait-il s'en souvenir ? — ils sont disparus dans des endroits où il n'est jamais allé, bien souvent dans des lieux qui n'appartiennent pas à sa langue. Il n'a plus d'enfants à tenir, à rassurer. Depuis combien de temps n'a-t-il pas vu Jean-Thomas ? Le destin d'un vieil homme est d'être seul. Vieux-Thomas, pour ne pas pleurer sur sa détresse, serre les poings et, dans leur colère, les jointures crispées craquent. Les Autres sont ensemble autour de la table. La Bru pleure. Sous les larmes, son visage d'enfant réapparaît dans son visage de mère arrondi par les maternités. Elle passe au Fils une lettre qu'il lit avec des yeux d'homme qui ne comprend rien. Les Enfants la lui arrachent sans qu'il s'impatiente. Elle pleure. Le Fils allume une autre cigarette. Les enfants lisent. Elle reprend la lettre. Parce qu'elle a trop de larmes, elle ne peut lire, mais elle garde la lettre sous les yeux. Le Fils la lui enlève et il la relit, tout noyé dans la fumée de sa cigarette. Vieux-Thomas est dans sa berceuse. Les Autres dégustent leur secret en cercle autour de la table. La lettre passe d'un enfant à l'autre. Les parents pleurent. Dans les yeux des Enfants, ce qui brille, Vieux-Thomas dirait que ce n'est pas une larme mais de la joie. Une petite pointe de sourire au coin des lèvres, les Enfants se taisent. Le Fils prend son chapeau et il sort. La Bru pleure :

— Puisque tu décides de laisser filer les événements, moé aussi, j'abandonne...

Comme d'habitude, dans les tempêtes de famille, elle monte se réfugier dans sa chambre. Les Enfants restent seuls. Ils osent sourire. Tout à coup, ils s'aperçoivent que Vieux-Thomas est là, qu'ils ne l'ont pas encore enterré. Ils ne sourient plus et ils détournent les yeux vers la lettre posée sur la table. Sans parler, Vieux-Thomas les interroge. Ces jeunes faiblards ne pourront longtemps supporter la question qui brûle sous ses sourcils blancs. Ils n'ont pas la force de supporter le regard d'un homme posé sur eux. S'il fronce les sourcils, ils vont s'écraser. Il les voit fondre comme du beurre.

— Pépére, faut pas vous tracasser, c'est une lettre du Gouvernement.

À les voir rassemblés autour de la lettre, comme autour d'une fosse funéraire, il avait compris que la lettre provenait du Gouvernement. Aussi loin qu'il puisse se rappeler les temps passés, quand est arrivée au village une lettre écrite par le Gouvernement, une Bru a pleuré, un Fils a pris son chapeau et est sorti, incapable de parler ni de pleurer, mais capable de tuer s'il avait rencontré le

Gouvernement en personne. Mais le Gouvernement n'a pas de visage ni de corps. Les Enfants le regardent. Leurs yeux ne lui pardonnent pas de connaître le passé. Parce qu'ils sont jeunes, ils pensent inventer la vie. Ils voudraient ne pas lui permettre de connaître des choses qui existaient sans eux, bien avant que leurs parents n'aient l'idée de les mettre au monde.

— Pépére, crevez pas si on vous le dit, mais votre petit Jean-Thomas est en prison.

Vieux-Thomas a vu tant de choses dans sa vie : mais il ne peut se retenir d'être surpris. « La jeunesse d'à cette heure, cher bon Dieu, veut pas aller à l'église : elle se ramasse en prison. La jeunesse d'à cette heure a même pas peur du Diable. Il faut craindre le Diable. Si la jeunesse avait peur du Diable, elle aurait peur de ce qui est mauvais. La jeunesse a pas peur du Diable et elle vous aime pas, cher bon Dieu. » Le Diable existe, Vieux-Thomas l'a vu une fois en chair et en os. (« Si le monde va si mal, c'est que le bon Dieu doit être empêché par le Diable de faire les choses parfaitement. ») Jean-Thomas, comme tous les jeunes, ne croit pas au Diable. Vieux-Thomas n'oubliera jamais, ni pendant sa vie, ni pendant sa mort, ce matin d'automne où la terre était dure comme du ciment sous le chaume qui craquait avec des bruits de glace cassée. Une petite neige était tombée, mousseuse comme de la chevelure d'ange blanchie par les années. Une neige légère comme de la mousse de pissenlit qui se sauvait devant les bottes. Sac au dos, hache et sciotte à la main, ils étaient un groupe de jeunes qui descendaient la montagne pour aller passer l'hiver dans les forêts. L'on parlait fort. L'écho riait avec les jeunes bûcherons. L'hiver serait encore une fois interminable. Il fallait oublier. L'on s'enivrait d'histoires si drôles qu'elles donnaient des crampes à l'estomac. Pendant l'hiver, après la journée, sur les lits de branches, l'on serait trop épuisés pour rire. Durant le jour, l'on n'aurait plus le temps de rire ; dès que la hache ne frapperait pas les troncs à l'allure d'un coeur qui bat, l'on recevrait aussitôt sur la tête une bordée d'insultes et de cris en anglais. Les bûcherons n'avaient pas besoin de connaître cette langue pour comprendre. Quand ils entendaient ces cris qui ne ressemblaient pas à des voix d'hommes, ils se jetaient à l'ouvrage avec la peur d'être mordus par des chiens hurlant. Afin de ne pas penser à cette vie devant eux dans cette interminable forêt noire, et pour ne pas sentir la nostalgie, qui déjà pinçait leur coeur, s'ils pensaient à la femme laissée dans la petite maison qu'ils ne reverraient qu'après la fonte des neiges, pour retenir une larme au coin des yeux qu'ils ne voulaient pas laisser apparaître, pour ne pas penser, ils s'étourdissaient de rires. Et la fiole de caribou allumait dans l'âme un feu crépitant contre lequel l'hiver ne pourrait rien. Dans la savane, trois maisons nouvellement bâties fumaient d'une boucane de bois sec. Non loin des maisons, les bûcherons aperçurent une grosse cloche d'église, pendue à un câble accroché, lui, à un support fait de trois troncs d'épinettes plantés en terre et qui se rejoignaient au sommet : une sorte de clocher d'église au sol. Les trois familles installées dans la savane avaient décidé de fonder un village et elles avaient acheté une cloche. Dans l'attente de construire une chapelle, elles avaient placé la cloche à l'endroit où serait construite la demeure de Dieu : semant une cloche, elles espéraient que le bon Dieu ferait pousser une église. L'un des bûcherons, le jeune frère d'Anthyme Corriveau annonça : « Écoutez ben, les gars, vous allez entendre mon glas. » À coups de hache sur la cloche, le jeune fou, sans plus de cervelle que sa hache, sonna les neuf coups du glas. Chaque coup se répandit dans la forêt et dans le ciel avec une tristesse aussi lourde que s'il y avait eu une mort vraie. Il y avait autant de tristesse dans ce glas-là que si le jeune frère d'Anthyme Corriveau avait vraiment été allongé pour l'éternité dans la terre du village, pleuré par sa famille et regretté par toutes ses connaissances. Les joyeux bûcherons étaient restés figés : l'âme serrée dans le remous des sons de la cloche. Ils étouffaient, le sang glacé dans les veines : la peur les avait gelés, des poils de la barbe à la moelle des os. Le glas, c'est le rire de la mort : si le glas avait été sonné pour le jeune frère d'Anthyme Corriveau, c'est qu'il était déjà mort, malgré les apparences. « T'aurais pas dû faire ça, c'est tenter le Diable », marmonna l'un des bûcherons. En guise de réponse, le jeune frère d'Anthyme Corriveau lança un ricanement, un ricanement qui ressemblait à un glas. (« Nous autres, on était p'us là. On avait pris les jambes à notre cou et on courait les bottes par-dessus nos casquettes. On avait oublié qu'on avait dans nos sacs, sur nos dos, tout ce qui était nécessaire pour passer l'hiver. On courait, légers, comme si on avait été pourchassés par le Diable. On pouvait pas courir à cette vitesse-là jusqu'à la fin de nos jours. Au bout de notre souffle, on a été forcés de s'arrêter. On a osé regarder en arrière. Parmi les fardoches, pas de Corriveau. On était tellement certains qu'i' avait été puni de sa triste farce qu'on a décidé de retourner, la bride sur le cou, vers la cloche où on l'avait laissé. Ce qu'on a vu en arrivant... Mes premiers cheveux blancs viennent de ce jour-là. ») Le jeune frère d'Anthyme Corriveau était étendu dans la neige, sur le dos, plus noir qu'un nègre ; personne n'a osé lui toucher, même du bout de sa botte. (« C'est juste à ce moment-là qu'on a remarqué que la cloche sonnait toute seule le glas. Y a-t-il quelqu'un après ça, cher bon Dieu, qui peut pas croire au Diable ? »)

— Pépére, c'est pas le Diable ou le bon Dieu qui a envoyé Jean-Thomas en prison, c'est le Gouvernement.

Vieux-Thomas tend la main espérant qu'on lui

donne la lettre du Gouvernement ; il voudrait la lire à son tour. La lettre reste posée au milieu de la table. Ils ne veulent pas qu'il la lise. Comme s'il ne faisait pas partie de la famille. Comme s'il n'avait pas fait leur père. Comme s'il n'avait pas construit leur maison. Comme s'il était déjà mort, embaumé, enterré. Jean-Thomas, il a souvent pensé à Jean-Thomas ces derniers jours. C'était un pressentiment. («Comme les femmes en ont...»)

— Pépére, si vous lisiez la lettre du Gouvernement, vous pourriez lever les pattes d'un seul coup et casser votre pipe.

Sa pipe ? Où ont-ils mis sa pipe ? Vieux-Thomas cherche ; il voudrait s'entourer de fumée pour ne plus les voir. Ils sont les enfants de son fils. Ils sont faits de son propre sang. «Oui, cher bon Dieu, mais le sang peut surir comme le cidre dans de mauvaises cruches.»

— Pépére, vous savez ben que vous avez arrêté de fumer...

C'est une autre chose qu'ils lui ont enlevée. La Bru a dit : «J'ai assez de m'occuper d'un vieux qui sent le vieux, je veux pas m'occuper d'un vieux qui, en plusse de sentir le vieux, sent le vieux tabac. J'ai pas envie de vivre dans un nuage de vieux tabac qui donne envie de tousser et de vomir. Y a aucun commandement de Dieu qui m'oblige à être parfumée de tabac, de mon corset à mes rideaux.» Ils lui ont pris sa pipe et son tabac. Tous les jours, il se rappelle comme il était bon de fumer : c'était bon comme un sommeil où il se serait vu dormir. La fumée adoucissait les tracas, elle endormait l'inquiétude. Mais ils lui ont enlevé sa pipe et son tabac. Il sait pourquoi. C'était pour lui interdire d'allumer des allumettes. Ils s'imaginent qu'il veut mettre le feu partout.

— Pensez-vous, Pépére, que votre Jean-Thomas a la permission de fumer en prison ?

Vieux-Thomas n'a jamais vu de prison, mais il sait

que les murs sont épais, qu'ils sont faits de pierres et de ciment, que les pierres suintent; il voit tout autour de Jean-Thomas des barreaux de fer rouillés; il n'y a pas de fenêtre, pas de porte; sur le plancher, un morceau de pain sec, dur comme un caillou. Mais il ne se rappelle plus le visage de Jean-Thomas. Il a perdu le visage de Jean-Thomas quelque part dans sa mémoire. Il a eu tant d'enfants, de petits-enfants; cela grandit, cela vieillit, cela se marie, cela se démarie, cela va et vient; parfois ils ne reviennent pas...

— Pépére a un coeur de pierre; son petit-fils est en prison et il se berce comme si i' était rien arrivé sur la terre aujourd'hui.

La Bru n'est pas une fille du village; son Fils était allé la pêcher dans un autre village, quelque part par là, un village étranger. Elle n'avait pas appris à faire l'élevage des enfants. Les siens ont grandi comme des sauterelles dans la mauvaise herbe. Il faudrait que la Bru cesse de brailler.

— Pépére, la Reine d'Angleterre a envoyé Jean-Thomas en prison.

La Reine d'Angleterre était dans la télévision, hier; elle avait un sourire si grand qu'elle aurait avalé des maringouins si elle était une femme ordinaire et s'il y avait des maringouins en ville. Dans son gros carrosse de Reine, elle avait l'air de reconnaître comme des cousins les gens entassés sur les trottoirs. On n'aurait pas dit qu'elle cherchait quelqu'un à envoyer en prison. En première page du journal, elle a pourtant l'air très douce. Elle ne semble pas être en colère contre personne. Il est vrai qu'un visage de femme est un mensonge qu'un homme est prêt à croire sur parole. La Bru a découpé cette image-là, une photographie qui doit être aussi grande que sa vraie figure, avec un grand sourire où les dents ressemblent aux perles de son collier. La Bru a fait un trou grand comme ça dans les nouvelles du journal. Vieux-Thomas relit une fois encore le début d'une histoire dont il ne saura jamais la fin. Quelque part dans le ciel, dans un avion, un jeune homme a subitement sorti une carabine de son manteau et il a crié au pilote : « Monsieur, aimez-vous mieux avoir un trou entre les yeux ou bien m'amener où je veux ? » Le pilote s'est retourné et il a dit : « Pré- »... Vieux-Thomas ne saura jamais la suite de cette belle histoire dans laquelle un jeune homme dompte un avion comme, à cet âge, Vieux-Thomas savait dompter un chevreuil : la Bru a découpé dans le journal le visage de la Reine d'Angleterre pour le coller dans son grand cahier, épais comme un livre de messe, dans lequel, depuis toujours, elle colle toutes les images de la Reine d'Angleterre qu'elle voit dans le journal. À la première page du cahier — ah ! il s'en souvient, c'est le cahier de sa Défunte — la Reine d'Angleterre est un bébé qui vient à peine d'être tiré du ventre de la Reine mère ; la dernière image est celle qui a fait un trou dans l'histoire de l'avion et du jeune homme qui a sorti une carabine de son manteau. Pourquoi Vieux-Thomas n'a-t-il pas un cahier épais comme celui de la Bru où il pourrait regarder des images de lui-même, depuis sa petite enfance jusqu'à cette heure d'aujourd'hui ? Non, plutôt jusqu'au jour où ils l'ont obligé à rester assis dans cette berceuse. Après ce jour, il ne veut pas d'images. Il ne veut pas se souvenir. La Bru braille encore. Elle tire du bahut son gros cahier d'images de la Reine d'Angleterre. Elle l'ouvre. Ses mains furieuses arrachent les pages, les chiffonnent, les déchirent, les déchiquètent ; elle pleure, elle crie, elle rit, elle danse, elle piétine les miettes d'images. Le gros cahier d'images de la Reine d'Angleterre est changé en un nuage de papier : la Bru a plumé la Reine d'Angleterre. « Mon cher bon Dieu, attachez la Bru avant qu'elle fasse des dégâts ! » Les Enfants la regardent devenir folle avec une sorte de sourire. Le Fils est sorti.

Dès qu'il arrive devant son nez quelque chose qui n'est pas une assiette fumante, la frousse le prend et il s'en va.

Après avoir défiguré la belle Reine d'Angleterre et avoir changé en confetti l'histoire de sa vie, la Bru, à genoux sur le plancher, ramasse les miettes de son ravage. Veut-elle essayer de remettre les miettes à leur place dans les images ? Les yeux pleins de larmes et les mains tremblantes, elle risque de mêler des morceaux de bébé aux morceaux du portrait qui a fait un grand trou dans le journal. Quand ses mains débordent de déchirures, elle va plutôt les jeter dans le grand sac noir des déchets. Elle pleure comme une petite fille. Dans sa colère, elle n'a pas déchiré la lettre du Gouvernement, sur la table. Vieux-Thomas la touche, il la tient. Les jeunes se précipitent sur lui :

— Pépére, votre coeur !

Ses gros doigts serrent si fort qu'ils ne pourraient la lui reprendre sans la déchirer. Ils la lui laisseront. Il commence à lire. Comme toutes les lettres du Gouvernement, c'est du jargon écrit pour que l'honnête monde ne puisse pas comprendre. Le Gouvernement n'est pas capable de parler comme un homme, droit dans les yeux. Comme si gouverner, c'était jargonner. Il repère le nom de Jean-Thomas. Celui de ses petits-enfants qui avait toujours un livre dans les mains. Vieux-Thomas avait averti la Bru : « Trop de livres ça fait du tort aux yeux. Un homme a plus de santé s'i' a des ampoules dans les mains plutôt que des livres. »

— « Incar...cé...ra...tion... »...,

— Pépére, i' va falloir que vous retourniez à l'école.

— Pépére, ça va être pratique ; l'école est juste à côté du cimetière.

La Bru va devenir toute sèche si elle continue à brailler :

— Au lieu de martyriser Pépére, vous seriez mieux

d'arracher de vos cervelles le chiendent des idées folles qui vont vous mener à la même place que votre frère.

— Voyons, Môman : Jean-Thomas qui est en prison à cause de la Reine d'Angleterre, c'est un honneur qui rejaillit sur toute la famille.

Derrière les yeux de la Bru, il y a plus de larmes qu'il y a de pluie dans le ciel du mois de juillet. « In…car… cé…ra…tion… » Ce mot perdu dans sa mémoire lui est aussi étranger qu'un mot d'une autre langue.

— Pépére comprend plus rien…

— I' mourrait drette-là dans sa chaise et i' comprendrait pas !

Vieux-Thomas s'est habitué à ces impolitesses. Il ne les écoute plus. La jeunesse a besoin d'impolitesse comme les oiseaux ont besoin de gazouiller. « Délit : le prévenu a participé à une manifestation ayant pris place dans la rue, contre Sa Majesté la Reine de l'Angleterre et du Canada. » La Reine du Canada ? Il avait oublié que le Canada a une Reine comme l'Angleterre. La mémoire d'un homme de cet âge est un hangar de choses et de gens oubliés. Il redonne aux Enfants la lettre du Gouvernement. Il ne comprend pas. Il se balance dans sa berceuse. Il ne comprend pas : comme s'il avait été absent longtemps. Anciennement, quand il passait les hivers dans la forêt — l'automne, l'hiver, le printemps — cela lui arrivait de ne pas comprendre certaines choses en revenant à la maison. Depuis si longtemps, il n'a pas été absent de sa berceuse…

— Si elle sert à envoyer nos enfants en prison, nous serions mieux de vivre sans Reine.

La Bru n'essaie même pas d'être capable d'arrêter ses pleurs. Les Enfants ont l'air contents. Avec leur sourire, ils ont la fierté des coqs qui ont eu leur première poule. Anciennement, on aurait porté le deuil pour un frère en prison. On aurait non seulement porté le deuil, mais on aurait rampé sous terre à la manière des taupes ; on n'aurait jamais osé affronter, dans la grande clarté, le regard des gens du village. Les Enfants paradent. Le Fils, lui... À la télévision, la Reine d'Angleterre avait le sourire aussi doux que sur le portrait du journal. « Quand le visage montre un trop beau sourire, c'est pour cacher un cœur dur comme la roche des champs. » Elle sourait et elle saluait la foule avec sa petite main qui n'osait se lever trop haut : une petite main qui n'a jamais pressé le trayon d'une vache, ni tordu des chemises de laine dans l'eau de savon du pays, ni arraché des roches de la terre. Une petite main élevée dans la soie et le parfum. C'est avec ce sourire assez large pour l'étendre sur deux visages et avec sa petite main faite pour porter des bagues, qu'elle a décidé d'envoyer Jean-Thomas en prison. « Comment voulez-vous, cher bon Dieu, que Jean-Thomas ait mis en colère la Reine d'Angleterre ? » À cet âge-là, les jeunes ont un peu de barbe, mais ils ont encore leur peau de bébé : ce sont des bébés étirés. On met pas des bébés en prison. « En tout cas, Majesté d'Angleterre, au pays de Québec, on n'envoie pas les enfants en prison ! » Le Fils est rentré. Il suce sa soupe. Enfant, il boudait de la même façon. Il ne comprend pas lui non plus. La Bru pleure ; il doit y avoir des larmes dans la soupe ; elle est plus salée que d'habitude. Les Enfants parlent fort. Vieux-Thomas ne les a jamais vus parler ensemble. D'habitude ils s'empressent de fuir le repas comme si c'était une punition d'être obligés de se voir la face autour de la table. Là, ils rient et ils jacassent comme s'ils n'étaient pas frères et sœurs.

— Ça fait mille ans que les Anglais et les Français se font la guerre en Europe. J' vois pas pourquoi ils feraient une trêve en apercevant notre Jean-Thomas.

Mille ans ! Seule la jeunesse peut prononcer ce mot-là. Quand on attend dans sa berceuse le passage de la mort, on n'ose pas prononcer d'aussi gros nombres. Ces

Enfants, à qui la vie n'a pas fait encore la moindre petite égratignure, comment peuvent-ils savoir ce qui se passait mille ans en arrière d'ici? Ils n'étaient pas là pour regarder.

— En Amérique, les Français et les Anglais ont commencé dès les débuts de l'histoire à se disputer les forêts et les terres, les rivières et les lacs.

Vieux-Thomas est secoué d'un frisson. Tout vibrant, son corps s'est renouvelé, ses muscles rajeunis. Il y a un lac en bas de la montagne. Personne ne sait quand, mais les Anglais se sont emparés de ce lac et les gens du village n'ont pas le droit d'aller pêcher dans ce lac qui est dans la forêt du village, dans la terre du village. Ah! Vieux-Thomas comprend ce que disent les Enfants quand ils parlent des Anglais qui volent les rivières et les lacs. Il comprend! Il a leur âge. Il pêche. L'eau s'infiltre dans sa chaloupe malgré les planches embouvetées et goudronnées ; la chaloupe a souffert de devoir être camouflée dans les halliers touffus, sous des tas de feuilles mortes. Il pêche. Le ciel est trop clair. L'eau est doucement silencieuse ; il l'entend respirer. Les épinettes sont trop tranquilles. La mort n'est jamais passée par là. L'eau est imprégnée de la senteur des épinettes, les branches doivent sentir l'eau fraîche. Il renifle. L'air sent la truite : l'eau, le ciel sentent la truite. Il suit du regard les éclairs furtifs entre les troncs noyés. La chaloupe dérive sur le courant du temps. Ses oreilles bourdonnent. Cette ombre, sous ses pieds, si peu profonde en eau mais si profonde en silence noir, lui donne le vertige. Il s'accroche à sa canne à pêche. Attentivement, il tend les muscles de ses bras, avec précaution il guide l'hameçon qui imite à la surface de l'eau la danse d'un insecte. Ses oreilles recommencent à bourdonner. Son bonheur d'homme serait-il trop grand pour ses poumons? Il a peine à respirer. Alors il crie, comme a dû crier Adam quand il s'est aperçu qu'il était seul sur la terre. L'écho imite son cri. Puis revient le silence où il entend vivre les épinettes, l'eau, et la terre autour. Il s'applique à attirer une de ces truites qui sillonnent l'ombre sous l'eau, mais son vrai bonheur est d'écouter ce silence parfumé d'écorce, de mousse et d'eau fraîche, d'écouter l'ombre qui se baigne dans l'eau, les nuits cachées derrière le ciel bleu et les arbres foudroyés qui s'enchevêtrent dans leur pourriture. Il s'entend vivre. Il écoute les muscles de son bras s'allonger, il écoute son coeur battre plus fort au glissement soyeux d'une ombre de truite, il entend les épinettes pousser au soleil, il entend les feuilles des bouleaux se baigner dans la lumière, il entend les racines s'accrocher au rocher, il entend l'eau se souvenir d'un vieux passé, il entend le temps passer dans ses artères, tout à coup ça explose! Dans la paroi de sa chaloupe, des éclats volent. Un claquement de fouet sur le dos du silence. Et un sifflement, si près de ses jambes qu'il s'est jeté à l'eau. Ses bras, ses jambes s'agitent, l'eau veut le recouvrir. Il bat des jambes, il roule les bras, l'eau le recouvre. Il remonte. Au-dessus de l'eau, le tonnerre d'un coup de feu. Il retombe. Il s'étouffe. L'eau l'a recouvert. Ses pieds s'enfoncent dans la boue. L'eau est un fer rouge dans sa gorge et dans ses yeux. Sa main rencontre un tronc. «C'est solide.» Il s'agrippe. Toussant, crachant l'eau, il essaie de flotter sans quitter le tronc qu'il a enlacé. Il ne sait pas nager. Il s'enfonce, il se noie. Tout à coup, parmi les broussailles, il s'aperçoit qu'il n'est pas mort. Il voit sa chaloupe sur l'eau. Secouée d'éclairs sonores, elle se désagrège en éclats qui volent sous des coups de feu. Il ne sait pas nager. Qu'est-ce qui l'a soutenu dans l'eau, qu'est-ce qui l'a empêché d'être avalé par l'eau? («C'est la peur, c'est la peur... la peur peut faire voler un homme comme une hirondelle du ciel, même s'i' a les pieds pesants comme la roche. Y a des hommes qui ont si peur de la mort qu'i' meurent pas. Enlevez, cher bon Dieu, la peur de mourir et demain, i' restera plus un seul vivant su' la terre. Être homme, c'est avoir peur. Les seules choses qu'un homme fait dans la vie, il les fait parce qu'i' a peur. ») La chaloupe coule. Le silence tremble de peur. Il aurait pu se noyer, ne jamais plus revenir sur la terre, ne plus jamais toucher à d'autre terre que cette boue sous l'eau. (« Croyez-moé, croyez-moé pas ; j'avais rien compris avant d'avoir vu accrochée sur la barrière du chemin du lac, la pancarte PRIVATE PROPERTY — PROPRIÉTÉ PRIVER — NO TRESPASSING — NO PASSER : les Anglais avaient tiré su' ma chaloupe parce qu'i' voulaient pas que les Canadiens français pêchent dans la même eau qu'eux. Ce lac-là appartient à notre pays de Québec... Pendant des années, j'ai eu la peur au cul, accrochée par toutes ses griffes. ») Les Enfants parlent, mais Vieux-Thomas est redevenu un vieil homme qui ne comprend pas les discours de la jeunesse. Que savent-ils ? La vie n'a encore rien écrit dans leur visage.

— La seule chose qui aurait fait plaisir aux Français, ç'aurait été de couler l'Angleterre comme un bateau enne-mi.

— Sur leur petite île, les Anglais se marchaient sur les orteils. Alors i' ont cherché à se mettre les pieds ailleurs.

— La guerre aux Anglais, comme nos ancêtres, on a ça dans le sang.

— Comme l'alcool !

— Dans les eaux de Terre-Neuve, les Français et les Anglais se battaient pour une morue.

— Nos ancêtres ont construit des cabanes, puis des maisons le long du fleuve Saint-Laurent. Dans les maisons, y avait des enfants, et autour des maisons, quelques animaux et des champs défrichés ; et jusqu'au bout du ciel, y avait des forêts, de la terre, des rivières et des lacs. Dans leur petite île étouffante, les Anglais ont su ça...

— Les guerres qu'i' étaient incapables de gagner en Europe, ils ont décidé de les gagner en Amérique.

— I' savaient que les Français venus en Amérique étaient pas des guerriers.

— Nos ancêtres étaient tannés des guerres en Europe et ils avaient rangé leurs fusils dans les boules à mites.

— Nos ancêtres voulaient juste couper des arbres, labourer la terre, semer et faire des enfants ; ils voulaient vivre. Rien que ça.

Ces paroles tombent avec le son de la pluie sur le toit de bardeaux, malgré ses pensées qui s'agitent à la façon des animaux dans l'étable à l'approche de la tempête. Vieux-Thomas va s'endormir ; il essaie d'empêcher ses paupières de se fermer car l'Homme qui rapporte les nouvelles s'assoit dans la télévision. L'Homme va peut-être expliquer pourquoi la Reine d'Angleterre a fait enfermer Jean-Thomas en prison. Les Enfants ne sont pas intéressés à regarder la télévision pour voir la Reine d'Angleterre ou Jean-Thomas. Ils parlent comme s'ils se chicanaient. En même temps, ils ont l'air d'être d'accord.

— Les Québécois remplissent les mêmes emplois au Québec que les Noirs en Afrique du Sud.

— Les Anglais ont toujours eu le mépris du travail fait par des bras humains.

— Les Anglais au Québec ont été la même sorte de maîtres que les Anglais en Afrique du Sud, que les Belges au Congo, que les Français en Algérie.

— Et que les Canadiens chez les Indiens.

— Pour faire fortune, il suffit pas de mépriser le travail des hommes, il faut en plus l'exploiter.

— L'exploitation du travail humain au Québec avait commencé bien avant que les Anglais tirent la première balle sur les Plaines d'Abraham.

« Les Plaines d'Abraham ! Cher bon Dieu, ça je le comprends. Les Plaines d'Abraham ! »

— Ah ! Non. Non. Non.

— Soyez pas naïfs. Pensez-vous que sous le règne de la noblesse française, nos ancêtres les habitants étaient pas exploités ? C'est pas une affaire de Français, de Belges ou d'Anglais : c'est l'affaire d'une classe d'hommes qui exploite une autre classe d'hommes. « Les Plaines d'Abraham… » Vieux-Thomas a vu les Plaines d'Abraham. Il a marché sur les Plaines d'Abraham en écoutant le vent comme on marche sur la terre de son pauvre père disparu. Il est revenu à la maison avec de la boue des Plaines d'Abraham collée à ses semelles. La Bru lui avait dit : « Rendu à cet âge, la seule chose qu'un vieux sait faire, c'est de salir le plancher d'une femme qui se tue à garder sa maison propre. » Vieux-Thomas comprend. Les Plaines d'Abraham… Jusqu'à ce jour-là, il n'avait jamais voulu monter dans une automobile. « Ces machines-là peuvent vous exploser en pleine face, ou se faire écrapoutir par une autre automobile. Cher bon Dieu, j'veux pas m'en aller vers le cimetière à toute vitesse, j' veux y aller en marchant à pied, douce- ment, comme un honnête homme. » Une grosse voiture noire, un matin, une voiture plus longue que celle du Curé et de l'embaumeur, s'arrête, dans un bond, dans la pous- sière, devant la maison de Vieux-Thomas. Un fils qu'il n'a pas vu depuis des années sort de la voiture, tout habillé de noir, comme le croque-mort.

— Mon garçon, es-tu venu à mon enterrement ?

— Son pére, vous pouvez pas mourir avant d'avoir vu le monde, un peu.

— J'ai vu tout ce qu'un homme a besoin de voir.

Son fils lui tire le bras et Vieux-Thomas qui a vécu avec la stabilité d'un homme enraciné à sa terre et qui n'était jamais monté dans une automobile, se trouve assis dans le fauteuil de cuir d'une Cadillac qui piaffe comme un cheval. Ils traversent le village voisin où plusieurs villageois sont allés chercher leurs femmes, ils franchissent le mont Orignal, ils traversent, comme en les déchirant, dix villages, ils passent dans le village des Protestants comme s'il était un village ordinaire ; et tout à coup, de l'autre côté du pont (un pont dix fois gros comme l'église) la ville de Québec apparaît. Vieux-Thomas ne voit que des maisons plus hautes que le mont Orignal ; dans les rues, il y a des gens comme il n'en a jamais vus aux processions du village. Son fils lui montre des maisons de pierres belles comme des châteaux (« Ça, son pére, c'est ben plus vieux que toé. » Elles ont été bâties par les Français des vieux temps, à la façon du vieux pays de la France.) L'automobile s'arrête :

— Descendez, son pére, c'est les Plaines d'Abraham. l' sera pas dit que vous allez mourir avant d'avoir marché su' les Plaines d'Abraham. C'est icitte, juste en dessous de vos pieds, que les Anglais sont venus nous enlever notre pays. Si vous êtes pauvre aujourd'hui, son pére, c'est parce que votre arrière-grand-père s'est fait voler son pays ce jour-là. Si, aujourd'hui, tous les Anglais sont riches, c'est parce que leur arrière-grand-père a pris le pays de votre arrière-grand-père.

— Étais-tu là, toé, pour savoir tout ça ?

— Non, son pére ; tout ce que je sais, c'est que toé, son pére, t'es pauvre, que moé, j' sus pauvre, et que les fils des Anglais sont encore plus riches que leurs pères.

— Si je juge par ton plumage, tu t'es enrichi : avec une voiture...

— J' vas t' dire, même si tu comprends pas. Dans le pays, c'est comme ça d'un Atlantique à l'autre : l'homme qui s'assied en arrière, dans les grosses voitures, c'est un Anglais ; celui qui est assis en avant, avec sa casquette, c'est un Nègre ou ben un petit Canadien français.

— En avant, c'est toé qui tient la roue...

Vieux-Thomas a le sentiment d'être depuis long-

temps parti de la maison ; il a hâte que son fils le ramène.
Il a peur. Après tout ce que son fils lui a montré, il tremble
dans son corps d'homme. « Comment les Anglais ont-ils
réussi, cher bon Dieu, à prendre le pays de mon Aïeul ?
Jean-Thomas lui a déjà lu cette histoire dans un livre. On
y parlait du pays en général, mais Vieux-Thomas ne se
souvient pas qu'on y parlait de la terre de son arrière-
arrière-grand-père ; il n'aurait pas oublié.

— Les Anglais, son pére, ont brûlé tout ce qu'i' ont pu
trouver. I' ont mis le feu en Gaspésie et, bien conforta-
blement installés dans leurs bateaux, à l'abri su' l'eau,
i'ont suivi le feu qui est monté jusque de l'autre côté de la
ville de Québec. Quand le pays a commencé de ressembler
à un lendemain d'abatis, les Anglais ont déclaré : « C'est à
nous autres ; la preuve, c'est qu'on l'a brûlé. » Comme les
Anglais avaient de beaux canons dernier modèle qui
pétaient le feu comme le Diable, les Canadiens français
ont pas osé chialer trop fort. C'est comme ça, son pére,
que votre arrière-grand-père a perdu, comme qui dirait,
le «jack pot» aux Plaines d'Abraham.

Ah ! les Plaines d'Abraham ! Vieux-Thomas comprend. Les Plaines d'Abraham ! Les Enfants s'esclaffent.
Ils blaguent. Ils s'amusent comme ils ne s'amusent jamais.
(« Si j'avais un frère en prison, je ferais le serment de pas
rire avant de l'avoir sorti de là. ») Eux, ils n'ont même pas
le courage d'essayer de savoir pourquoi Jean-Thomas est
en prison. Pendant combien de temps le garderont-ils en
cage ? Ils ne sont même pas curieux d'écouter l'Homme
dans la télévision qui va peut-être expliquer pourquoi
Jean-Thomas a été emprisonné.

— À une époque, l'Europe parlait français d'un bout à
l'autre, de la Russie au Portugal. J' veux dire : les
Européens conscientisés. L'Anglais était une sorte de
patois. Dès qu'ils sortaient de leur île, les Anglais
devaient se rentrer la langue dans le palais. Même dans

leur île, ceux qui étaient assez évolués pour penser, pensaient en français. Devant la langue française, l'anglais reculait tellement que les Anglais ont dû passer une loi spéciale pour rendre leur langue obligatoire dans l'île et sur les bateaux.

Vieux-Thomas ne comprend pas. Les Enfants pourraient parler une langue étrangère qu'il ne comprendrait pas moins. Il connaît chacun des mots mais quand ils sont rattachés les uns aux autres, il ne comprend plus.

— Chaque mot français que tu trouves dans la langue anglaise et chaque mot anglais que tu trouves dans la langue française, c'est la cicatrice d'un combat.

— Ce que vous savez pas, c'est qu'en 1760, l'année où on a perdu notre pays, Benjamin Franklin écrivait que l'anglais, dominé en Europe par le français allait trouver en Amérique un champ...

— ... à couvrir comme la mauvaise herbe...

— ...où se développer et devenir la langue mondialement impérialiste des siècles à venir.

— La guerre est pas finie...

L'Homme dans la télévision montre des images de la Reine d'Angleterre qui salue la foule en bougeant sa petite main. Une petite main capable de pousser un enfant en prison. L'Homme dans la télévision a l'air de ne rien savoir au sujet de Jean-Thomas. («Parfois un homme sait que'que chose, mais i' se tait»...) Les Enfants autour de la table savent peut-être pourquoi Jean-Thomas est en prison, mais ils ne parlent jamais à Vieux-Thomas comme s'il était déjà à six pieds sous terre avec son nom écrit sur le monument funéraire par-dessus lui. L'Homme dans la télévision dit que des pirates dans un avion veulent obtenir un million de dollars du Gouvernement. Si le Gouvernement refuse de payer, les pirates vont trancher la gorge aux femmes et aux enfants d'abord. Dans les vieux temps, les jeunes croyaient en Dieu et ils avaient

peur du Diable : au lieu de penser à couper des gorges
innocentes, ils s'occupaient à gagner leur pain qu'ils
mangeaient noir s'ils n'avaient pas les sous pour l'acheter
blanc. Quel mal Jean-Thomas peut-il avoir fait à la Reine
d'Angleterre ? Il a des petites mains blanches qui n'ont
jamais travaillé : comme celles de la Reine d'Angleterre... Le Fils fume. La boucane lui sort par le nombril. Un
jour, ses poumons vont lui exploser en plein visage. Il
fume et il ne bougera pas le doigt pour Jean-Thomas. Les
Enfants se lancent des mots pleins de salive, mais pas un
ne lèverait de sa chaise son petit cul bien éduqué pour
aider Jean-Thomas. La Bru : en larmes, elle coule comme une toiture percée. Si un homme se fait prendre dans
un piège, tout le monde se rassemble autour, non pour
l'aider à se dégager, mais pour discuter des façons d'éviter
un piège. Quand le Fils, Dieudonné, un homme aussi
solide que les fondations de la maison, a dérapé dans la
folie, tout le monde a répandu autant de salive qu'il peut
tomber de pluie en un été pluvieux : ils étaient tous
autour, à le regarder chrétiennement s'embourber dans sa
folie. Ils l'enterraient sous les bons conseils. C'est quelques centaines de piastres qu'il lui aurait fallu. Personne
ne l'a aidé. La Compagnie du Prêt Généreux a pris son
camion et la folie a pris son intelligence. Le Fils n'avait
pas le plus gros camion du village, mais son camion était
assez gros pour être respecté sur les grands chemins. Des
pneus plus rebondis que des derrières de grosses femmes.
C'est une forêt domptée que le Fils transportait dans sa
remorque en longues grumes, une forêt à laquelle il avait
passé une chaîne comme au cou d'un petit chien et qui
sentait bon comme si elle n'avait pas été morte. Ces
longues billes avaient été de hautes épinettes devant
lesquelles il fallait lever la tête pour en voir la pointe ;
Vieux-Thomas trouva son fils curieux le jour où il
l'entendit déclarer qu'il pourrait transporter dans son

camion tous les arbres du pays, si on lui en donnait le temps. Discours étrange. Et le Fils ajouta qu'après avoir transporté dans son camion tous les arbres du pays, il pourrait se charger des maisons. Et, dit-il, quand toutes les maisons auraient été déménagées, il pourrait camionner les gens. Ensuite, si on lui donne le temps, il pourrait aménager des ridelles fermées et transporter la terre. («Des idées aussi folles ne poussent pas dans un cerveau en bonne santé.») On l'écoute et on regarde dans ses yeux : de très loin, on voit la folie approcher. Dieudonné ne veut plus se coucher, parce qu'il craint de ne pas pouvoir dormir ; il travaille comme s'il y avait trois hommes déchaînés en lui et il s'insulte comme s'il parlait à un esclave. À la table, il injurie les enfants parce que s'ils continuent à manger autant, il ne pourra pas payer son camion à la Compagnie du Prêt Généreux, on viendra lui enlever son camion impayé et il aura perdu son honneur. Une autre fois, Dieudonné annonce qu'une idée l'a frappé avec la force d'un camion plus gros que le sien. Ces arbres, allongés dans la remorque de son camion, sont nés bien avant lui, explique-t-il. Ces arbres ont vu naître et grandir le village. Ces arbres ont vu naître et grandir plusieurs générations d'hommes. Les mêmes bises ont fait craquer ces arbres et les solives des maisons. Et lui, Dieudonné, va livrer ces arbres à la Compagnie... Pourquoi va-t-il porter à une Compagnie anglaise ces arbres couchés derrière lui, comme des Juifs du temps de la guerre ? Il sourit. Il se voit sourire dans son rétroviseur latéral. Il ne sait pas encore que la folie est entrée en lui. Sa pensée tourne comme une roue de camion. La Compagnie est riche et elle deviendra encore plus riche avec ces arbres que lui apporte Dieudonné et qui appartiennent à la terre du pays de Québec. Les dettes de Dieudonné sont plus pesantes sur son dos que le poids de sa cargaison. Son père, son grand-père, son arrière-grand-père ont été pauvres et endettés. Pendant ce temps-là, le père, le grand-père, l'arrière-grand-père de ceux qui possèdent aujourd'hui la Compagnie étaient riches. Pourquoi ceux qui coupent le bois sont-ils pauvres et endettés tandis que ceux qui l'achètent, en signant un papier d'un coup de plume légère, sont-ils riches? Et tourne la pensée de Dieudonné! Les gens de son pays se battent contre la forêt, mais ils se battent tristement parce qu'ils aiment leur forêt. Comme un homme peut aimer un animal vivant. Un animal dont il faut trancher la veine jugulaire, qu'il faut manger pour ne pas mourir de faim. La Compagnie ne pense jamais à ça. Pour la Compagnie, les arbres sont un matériau que des broyeuses écrasent en pâte et que des machines transforment en piastres. Pour les gens du pays, les arbres sont quasiment des frères : ils ont joué ensemble, ils ont passé l'enfance avec eux. Avec eux, ils ont connu les ardeurs de la sève au printemps ; avec eux, ils ont écouté le ciel parce qu'ils y entendaient les pas du bon Dieu ; avec eux, ils ont traversé les étés brûlants et craint, dans la tristesse des feuilles rougissant, l'hiver qui viendrait peser sur les épaules et les branches. Les arbres ont reçu tout ce que le ciel jetait sur le dos des hommes : vents et glace, pluies et giboulées, éclairs et grande peur noire, sécheresse et brume. Les arbres du pays et les hommes pourrissent dans la même terre ; l'on compare toujours les hommes à des arbres lorsqu'ils se tiennent debout au bout de leur chemin, à la veille d'être abattus. Ces arbres, puisqu'ils se nourrissent de terre, contiennent des sueurs et des larmes tombées du visage des hommes et des femmes du pays. Les idées tournent dans sa tête comme les roues de son camion. Il pousse l'accélérateur en tenant bien le volant, mais il ne voit que ses pensées. Le camion, qui a l'habitude, suit la route qui mène à la Compagnie. Les pensées tournent plus vite que les roues, elles tournent, tournent : il n'ira pas livrer son bois. Dieudonné n'ira pas livrer le bois de son pays à la Compagnie. Il n'ira pas. Son pied quitte l'accélérateur. Son pied se pose sur le frein. Le camion ralentit. Les pensées ne tournent plus. Il n'ira pas. Le camion s'immobilise. Dieudonné est persuadé qu'il n'ira pas livrer le bois poussé dans la terre de son pays à cette Compagnie anglaise. Dieudonné, triomphant, revient au village avec sa cargaison :

— Pourquoi ? Tu pourras pas les replanter.

— Si vous voulez donner votre bois, votre terre, vos maisons, vos femmes, vos enfants... En tout cas, c'est pas moé qui va les transporter dans mon camion.

— T'es fou. La Compagnie paie.

Vieux-Thomas dit, ce jour-là :

— Arrêtez de lui dire qu'il est fou. I' va le devenir.

Le soir, le Fils est tout nu devant le médecin :

— J' sais pas ce que j'ai, docteur, j'ai perdu le goût d'aller porter notre bois à la Compagnie.

Le médecin lui donne un flacon de comprimés. Dieudonné lit l'étiquette :

— Baptême ! Le remède est anglais comme la maladie !

Puis les pensées folles ont continué à boutonner dans la tête du Fils, en même temps que les marguerites. Il ne sort plus de la maison. Le Fils est installé dans la chaise de Vieux-Thomas pour attendre la fin de ses jours... Comme si c'était Dieudonné le grand-père ! Les enfants braillent. Il n'entend pas, il ne voit pas ces petites bêtes malheureuses. Il lit. La Bru n'arrête pas de laver : des chaussettes, le plancher, le plafond, la vaisselle, des couches ; elle peut crier en même temps :

— Tu lis trop Dieudonné. Tes journaux te chavirent les esprits. Dans la vie, y a toujours eu des Petits et des Gros. Le bon Dieu a décidé de nous ranger dans la catégorie des Petits. Alors pourquoi c'est que Monsieur a décidé de pas faire comme tous les autres Petits : aller vendre le bois à la

Compagnie ? Elle a toujours payé ses dettes, elle, la Compagnie. C'est ben beau de passer sa vie à rêver, mais les Gros, eux, rêvent pas. C'est pas rêver qui met le pain su' la table. Ton beau camion, qui c'est qui va le payer ? Si tu le paies pas, Dieudonné, les Gros vont pas te le donner et les Petits vont pas te le payer. La Compagnie du Prêt Généreux a écrit. Ils vont venir prendre ton camion. C'est des Anglais, tu l' sais. Et les Anglais aiment mieux devenir voleurs plutôt que de supporter d'être payés en retard !

Dieudonné est frappé d'un coup de fouet. Son journal tombe. Dieudonné court vers son camion. Le moteur rage. Il est déjà parti. Sur la route qui mène à la Compagnie. Dans la cabine, assis comme un roi sur son trône, Dieudonné pleure. Il jure comme un pauvre. (« Quand i' m'auront plumé, i' pourront plus rien m'enlever. ») Rempli de la grosse force indifférente du camion et par la colère des hommes désespérés, Dieudonné conduit jusqu'à Trois-Rivières. Au lieu, cependant, d'aller vers le moulin, le camion se dirige vers le quartier anglais, il trouve la Résidence du Grand Patron, il crève une clôture de fer dans laquelle il avance comme à travers une toile d'araignée, il écrase une haie de cèdres, il roule sur le terrain de tennis, il renverse des chaises, pousse des ballons. Les chiens hurlent. La sirène de sécurité appelle au secours. Dieudonné arrête son camion près de la piscine où il décharge les billes. Le Grand Patron n'a plus de piscine dans son jardin, mais un tas de bois de grume qui sent bon la forêt du pays. Depuis ce jour-là, le Fils passe ses journées à fumer et à tousser. Il ne parle plus jamais contre la Compagnie. Il ne parle plus jamais. Ce sont les Enfants — et Jean-Thomas — qui disent ce qui pèse sur le cœur de Dieudonné. Les jeunes d'à cette heure crient tout ce qui leur passe dans le cerveau. La jeunesse d'à cette heure ne sait plus se taire. L'Homme dans la télévision montre tous les jours des troupeaux de jeunes qui hurlent dans les rues de toutes sortes de pays, même dans les rues de notre pays de Québec. Hurler comme des veaux qui ont faim n'a jamais fait pousser les carottes... Ils n'ont jamais eu, comme Vieux-Thomas, l'obligation de défricher, d'essoucher, d'épierrer, de labourer, de herser, de semer avant de manger. Au lieu de faire travailler les muscles de la voix, ils devraient faire travailler les muscles de leurs bras... Mais ce n'est pas parce qu'ils hurlent qu'on doit les battre à coups de bâtons ou les jeter en prison. «Cher bon Dieu, où est-ce qu'on s'en va si on enferme les vieux dans des cages à vieux et les jeunes dans des cages à jeunesse? Qui c'est qui va avoir le droit de marcher su' votre terre?» Le Fils a ravalé toute sa vie, ce qui lui barre la gorge et le fait tousser. Jean-Thomas a attrapé la folie de Dieudonné. La Reine d'Angleterre a hérité le château de son père. Jean-Thomas a eu en héritage la folie du sien. Si Jean-Thomas a insulté la Reine d'Angleterre, ce n'est pas poli. La jeunesse d'à cette heure est impolie... Les parents et les grands-parents ont été trop polis! Comment voulez-vous que les jeunes soient polis pour le monde? La télévision et le journal nous montrent des Ministres qui pillent le Gouvernement, des Compagnies qui exploitent des ouvriers, des Banques qui volent tout le monde. «Même icitte au village, le boucher vole le boulanger qui vole le laitier qui vole le garagiste qui vole l'instituteur qui vole le cordonnier qui vole le bedeau qui vole le Curé. On demande aux jeunes d'être polis? Mon cher bon Dieu, on est poli devant l'honnêteté.» D'après l'Homme dans la télévision, si Vieux-Thomas a bien entendu, la Reine d'Angleterre serait aussi la Reine du pays de Québec. En tout cas, elle le prétend. «Ça peut pas être une menterie, mon cher bon Dieu, parce que la Reine d'Angleterre est une bien trop grande dame pour s'abaisser à commettre un péché véniel. En politique, y a plus de menteries que dans un concours de menteries : y a autant de menteurs qu'i' en faut pour les gens qui veulent croire les menteries. » Un des menteurs lui aura dit : « Majesté, vous êtes la Reine de l'Angleterre, du Canada et du Québec. » Elle est peut-être aussi la Reine du Canada, parce qu'il y a beaucoup d'Anglais dans ce pays-là, mais elle n'est pas la Reine du pays de Québec. Jean-Thomas, quand il levait le nez de ses livres, racontait toute l'histoire, à partir des débuts. Voilà plusieurs centaines d'années, les Anglais sont arrivés au pays de Québec avec des bateaux débordants de soldats et de fusils, ils ont chassé les gens qui ont dû se réfugier dans les forêts, ils se sont emparés des animaux, ils ont mis le feu dans les maisons et dans les granges, puis ils ont dit aux ancêtres : « Ici, c'est notre pays et vous êtes des étrangers. » Ils ont dit ça dans leur langue qui donne le frisson dans le dos parce qu'on ne comprend pas ce qu'ils disent. À partir de ce jour-là, défense de faire la chasse, défense d'avoir un fusil. (« Vous devez remettre vos fusils au représentant du Roi d'Angleterre parce que l'idée pourrait vous venir de nous considérer comme des étrangers et de nous chasser de ce pays qui est à nous parce que nous l'avons conquis. ») Défense de couper du bois à moins d'être employés dans les Compagnies anglaises. Comme vous êtes habitués à cette neige, à cette glace, à ce vent qui vous scie, à ces hivers qui sont toujours à la veille de commencer et qui ne se terminent jamais, vous pourrez travailler mieux que des Nègres qu'il faudrait acheter et transporter, tandis que vous êtes là. ») Défense de pêcher dans les rivières sans notre permission écrite en anglais ; vous ne savez pas notre langue, mais veuillez selon l'usage en Amérique du Nord demander votre permission dans notre langue. Vous aurez cependant le privilège de porter nos canots sur votre dos et de ramer et de transporter nos sacs de poissons. Ah ! vraiment, vous êtes un pauvre peuple, sans terres, sans forêts et sans histoire parce qu'un peuple qui n'en conquiert pas un autre est un pauvre peuple sans histoire. Voilà ce qu'ils ont dit, les Anglais, à ses parents, à ses grands-parents et à ses arrière-grands-parents occupés à chercher la nourriture de leurs enfants dans une terre qui ne leur appartenait plus. Jean-Thomas l'a appris dans ses livres, il l'a lu à Vieux-Thomas et il l'apprendra à ses enfants. («Voilà, ce que les Anglais ont dit après avoir volé le pays de Québec. I' l'ont peut-être pas dit parce qu'à cause de leur langue étrangère, personne dans le pays de Québec les aurait compris, mais, Majesté, voilà ce qu'i' ont fait, les Anglais. Et i' ont dit au peuple du pays de Québec : «Notre Roi d'Angleterre sera aussi votre Roi ; il régnera à la place de votre Roi de France qui sera votre ennemi et à qui vous devez déclarer la guerre comme des fidèles sujets de Sa Majesté d'Angleterre.») «Cher bon Dieu, un peuple ne passe pas d'une Royauté à l'autre comme on passe des culottes d'hiver aux culottes d'été.» Depuis, des générations ont passé, des dizaines, des centaines d'années ont défilé. Vieux-Thomas ne connaît pas une seule mère qui enseigne à son petit garçon ou à sa petite fille que la Reine d'Angleterre est la Reine du pays de Québec, mais dans les chansons qu'elles apprennent aux enfants, ces mères se souviennent du Roi de France. Quand la Reine d'Angleterre sourit de voir les gens du pays de Québec remplir les rues pour l'applaudir, quelqu'un de sa cour de menteurs devrait lui dire qu'ils accueillent la Reine d'Angleterre. Au pays de Québec, on n'a pas de Reine. L'Homme dans la télévision n'a pas parlé de Jean-Thomas. Les Autres, autour de la table connaissent l'histoire du commencement à la fin, mais ils sucent leurs secrets : comme des bonbons. Ils n'en offriraient pas à Vieux-Thomas parce qu'ils ont décidé qu'il n'a plus de dents, lui dont les dents pourraient broyer des cailloux. La Bru a honte que son fils soit en prison. Elle en a la peau rouge. Au lieu d'avoir honte, pourquoi ne regarde-t-elle pas sa propre vie? Elle ne trouverait pas beaucoup de raisons de sonner les cloches en son honneur. («Non, la Bru, j'irai pas me coucher; j'ai pas plus envie d'aller dans mon lit que d'aller dans un cercueil.») Ce n'est pas Vieux-Thomas qui a fait Jean-Thomas, mais Dieudonné qui, maintenant, ne sait rien faire d'autre que fumer et tousser et fumer. Mais c'est Vieux-Thomas qui a fait Dieudonné. Avant qu'il soit abîmé par le découragement, Dieudonné était beau à regarder. Ce Fils aimait la vie et il avait dans les bras une force... C'est dans ces temps-là que Dieudonné a fait Jean-Thomas. Personne sur la terre entière ne peut dire que Dieudonné aurait pu faire Jean-Thomas si Vieux-Thomas n'avait pas fait Dieudonné. Donc Jean-Thomas est aussi son fils. «Si Jean-Thomas a pas ma force dans ses petits bras qui ont appris à porter rien de plus pesant que des livres, cher bon Dieu, vous devez lui avoir donné une autre sorte de force...» Jean-Thomas est son fils; Vieux-Thomas devrait connaître la raison pour laquelle la Reine d'Angleterre l'a jeté en prison. C'est un secret que les Autres ne lui transmettront pas. Les Enfants chuchotent autour de la table. La Bru monte dans sa chambre en braillant. Le Fils la suit en toussant.

— Toute cette affaire est une autre agression du pouvoir dominant.

— C'est pire qu'une agression, c'est une censure.

— Dans un pays sourd, un homme doit crier pour être entendu.

— Jean-Thomas en prison: c'est un seau d'eau sur l'étincelle de fierté qui nous reste, hurle la Bru.

— Une étincelle de fierté? La fierté du peuple québécois est un feu de forêt! On le voit pas parce que chaque Québécois en porte un petit morceau . Mais réunissez-les tous ensemble...

— Ces événements-là permettent d'observer un mouvement caractéristique de l'État : d'une main, il fait un geste magnanime en proclamant qu'il est le pays le plus libre au monde et, de l'autre, il donne des coups de bâtons à ceux qui osent prononcer le mot liberté.

Vieux-Thomas est allé aussi loin dans la forêt qu'un homme pouvait marcher, il a remonté des rivières jusqu'à leur source. Maintenant, ils l'obligent à vivre dans sa berceuse. Il n'a plus la liberté de mettre un pied devant l'autre. « Et combien de temps encore, cher bon Dieu, allez-vous me laisser le don de pouvoir me tenir sur mes jambes ? »

— Si on analyse l'histoire, les aspirations des gens du pays de Québec ont toujours été censurées par le pouvoir dominant.

— Les gens qui ont le pouvoir, i' donneraient pas un coup de plume sur le museau de leur caniche, mais quand ils ont des Québécois devant eux, ils sortent les matraques.

— En attendant de sortir leurs fusils...

— Tais-toi. À prédire le malheur, on l'attire.

— Ils n'entendent pas ; de partout dans le pays de Québec, de sous chaque caillou, vient un souffle qui dit : Liberté !

— Y a des cailloux qui crient pas fort, fort. Et y a des gens qui entendent des voix !

— Il faut que le régime soit pernicieux, pourri, pour amener des Québécois (policiers, mais Québécois) à frapper d'autres Québécois parce qu'ils appellent la Liberté.

— Il n'y a pas assez de garçons et de filles en prison. Avant qu'un peuple s'éveille, il lui faut un certain nombre d'enfants qui crient en prison.

— Jean-Thomas a toujours su où son action le mènerait.

— L'histoire nous dit que les chemins de la liberté passe par les prisons.

— Prison ? Prison ? Exagérez pas. Les prisons au pays de

Québec ont des murs en sucre à la crème si vous les comparez, disons, à celles du Chili.

Les Enfants ont leurs petits culs instruits posés sur des chaises, leurs petits culs encore tout parfumés du talc que la Bru saupoudrait dans leurs couches, ils ont le ventre plein parce qu'ils n'ont cessé de grignoter pendant la soirée, et ils osent féliciter ceux qui ont jeté Jean-Thomas en prison. Vieux-Thomas leur pardonnera : la jeunesse a les idées qui frissonnent au moindre vent. Un homme n'a le droit de désirer ni l'enfer ni la prison. L'homme a été créé pour marcher sur la terre aussi loin qu'il le veut (« aussi longtemps que vous le voudrez, cher bon Dieu »), quand il le veut, en regardant le ciel où il retournera un jour. Vieux-Thomas n'a pas vécu si longtemps pour voir ses enfants en prison. Le monde est plein de malfaiteurs qui font du tort à la vie : ils se promènent libres sur la terre du bon Dieu pendant que Jean-Thomas est enfermé. Il aurait, paraît-il, dit à la Reine d'Angleterre de s'en retourner chez elle, dans son pays ; il aurait dit, si Vieux-Thomas a bien entendu les secrets chuchotés, que le pays de Québec n'a jamais envoyé de Reine en Angleterre pour parader dans les rues. Ce n'était pas une manière très polie d'accueillir une grande Dame. On a d'autres manières... Dans les temps de Vieux-Thomas, les gens avaient appris à se taire comme Jésus-Christ avait souffert sur la croix sans dire un mot : souffrir en silence pour expier le péché d'être venus au monde. « La souffrance qui vous faisait le plus plaisir, cher bon Dieu, c'était notre travail quotidien. On travaillait aussi longtemps qu'il y avait assez de lumière pour distinguer du soir l'arbre à couper. Travailler, cultiver la pauvreté et récolter la misère. À la fin de nos jours, cher bon Dieu, quand vous tendez les bras vers l'agonisant, ça aurait été un grand malheur de pas pouvoir dire : j'sus aussi pauvre que l'enfant Jésus né sur la paille à Bethléem, j'sus aussi pauvre que mon père, mes fils sont pauvres et leurs fils naîtront aussi sur la paille. Pauvre, cher bon Dieu, vous preniez l'agonisant dans vos bras et vous l'ameniez dans l'escalier du ciel jusqu'à la droite de votre trône, tandis que le riche, lui, était trop gros : avec sa bedaine, ses bagues, son portefeuille gonflé de piastres, i' restait bloqué dans la porte étroite du ciel. Seuls pouvaient passer les maigres, les décharnés, les pauvres : les gens du pays de Québec. Pendant ce temps-là, Jean-Thomas l'a dit, les Anglais apprenaient, dans leur religion, que la richesse est une bénédiction que vous donnez, cher bon Dieu, à ceux que vous aimez ; les Anglais apprenaient, dans leur religion, que les biens qu'un homme amasse pendant sa vie sont une parcelle du ciel où vous accueillerez celui qui a su faire profiter l'héritage que vous aviez mis entre ses mains. Cette religion d'athées a rendu les Anglais riches. Les gens du pays de Québec auront, je l'espère, leur revanche dans le ciel. » Ici-bas, ils contrôlent tout. Dans les chantiers de la forêt, dès qu'il y avait un ordre à donner à un homme, il était hurlé par un Anglais. Les Québécois, eux, commandaient aux chevaux. (« On comprenait les cris des Anglais probablement par le même genre d'instinct que celui des chevaux qui obéissaient à nos ordres. ») Vieux-Thomas était jeune en ce temps-là, et écervelé comme la jeunesse ; dans ce temps-là, un homme jeune n'a pas du sang dans les artères, mais du feu : un vrai jeune brandon qui sème le feu où il passe : c'est le feu du plaisir d'être jeune. Thomas avait la folie de celui qui n'a pas de doute, la force de celui qui ne connaît rien et la joie du veau lâché à son premier printemps dans l'herbe verte. Thomas, cet automne-là, n'avait pas voulu accompagner le groupe d'hommes qui partaient dans les chantiers, ensemble, pour l'hiver. Il avait décidé de partir avant eux. Il ne pouvait pas, comme les anciens, attendre la première neige, tant il était impatient de quitter la maison, la famille, pour vivre la vie des hommes. Il avait entendu depuis longtemps les hommes parler des sentiers, des buttes, du trécarré, des marécages, de la grosse pierre, de la rivière, du pont, de cette montagne qui ressemble à une tuque sur la tête d'un vieux ; il avait tant écouté les hommes raconter ce voyage qu'ils entreprenaient chaque automne, hache sur l'épaule et sac au dos ; Thomas connaissait déjà ce pays à la façon d'un souvenir. Il avait tant de fois rêvé au récit de cette marche longue en forêt qui durait plusieurs journées. Quelle aventure ! Est-il une liberté plus grande, que d'avoir devant soi plusieurs jours pour voyager quand on a l'appétit de se rendre toucher la vie de l'autre côté de l'horizon : marcher et n'avoir personne qui vous oblige à suivre sa route, choisir soi-même le sentier qui vous conduira là où vous avez décidé d'aller ? Personne à cette heure ne peut plus comprendre cela : les gens vont là où les conduit l'autobus. Tandis que dans ces temps-là... Oh ! être seul et n'avoir que ses jambes pour se porter, n'avoir que ses bras pour se défendre si une bête surgit... Quelle grandeur que de choisir ses mots, les crier aussi loin que la voix peut les porter et entendre le ciel les répéter ! Être seul et marcher, et ne pas revenir avant l'été, loin de la maison, marcher, trouver son pain, marcher, seul, entre le Diable dans la terre qui vous regarde d'en dessous et Dieu, dans son ciel, qui vous voit avancer seul sur sa terre, « trop ignorant pour savoir que la jeunesse est la plus belle chose que vous avez créée dans l'univers, cher bon Dieu ! » Thomas part donc avant les autres, orgueilleux, ambitieux ; il sent dans son dos le regard de ses parents et de ses frères qui le suivent de loin, par les yeux, dans l'herbe jaune des pacages. Il ne tourne pas la tête. Cette liberté est si fraîche en lui que tout son corps en frissonne. À la lisière de la forêt, il s'engage, comme les hommes du village, oublié, dans ce sentier, que chaque année, à l'automne et à leur retour au printemps, ils nettoient en coupant quelques branches trop basses ou quelques harts trop drues. Toute la journée, sans s'arrêter pour manger, il marche; quand il a faim, il grignote, en marchant, une tartine faite du pain de sa mère sur lequel elle a étendu de la graisse de rôti «qui fait disparaître la fatigue et le froid», ou il suce un morceau de sucre d'érable. Sur l'écorce des épinettes et des bouleaux, il lit les signes que les hommes en passant ont écrits à coups de hache. Il reconnaît, comme une écriture familière, la ligne du sentier tracée entre les troncs. Il est tel que l'ont décrit dans leurs récits ces hommes qui ne savaient parler que des hivers et de la forêt. Thomas reconnaît les épinettes, les marques, les détours, l'ombre, l'odeur. Il sursaute à l'envol d'une perdrix qui s'élance sous son pied, comme s'il avait marché sur son nid, et ce bruissement des ailes résonne à la façon d'un coup de tonnerre dans ce silence feuillu. Tout ce qui n'est pas arbre, tronc, branche le fait sursauter: l'éclair de fourrure blanchissante d'un lièvre qui fuit, une couleuvre qui se glisse entre les cailloux; mais un homme aussi heureux d'avoir le droit de marcher dans le même chemin que les aînés ne peut avoir peur; il ne peut qu'être fier. N'est-ce par l'éclaircie? Dans les récits, quand les hommes arrivent à l'éclaircie, le soleil se prépare à se coucher. La futaie est plus noire. Comme s'il était déjà passé par là, il reconnaît l'éclaircie semblable à une île en forêt. Derrière les arbustes qui ont grandi pendant l'été et dont les branches toutes neuves n'ont pas l'écorce blessée par les rongeurs et les saisons, il trouve l'abri, cette cabane en bois d'écorce que tant de fois les hommes ont décrite. Comme eux, quand il pousse la porte, les mulots sortent, petit troupeau nerveux. À ce point de leurs récits, les hommes rient parce qu'il y a toujours dans le groupe un malheureux capable d'assommer un ours d'un coup de poing au front, mais qui s'évanouit de voir un petit mulot. Thomas ne ressent même pas une légère peur. À l'intérieur, il reconnaît les tablettes accrochées aux murs qui servent de lits. Imitant les hommes, il sort couper quelques branches, il les dispose sur une tablette et il déroule par-dessus ses couvertures de laine. Depuis toujours, les hommes passent là leur première nuit du voyage. Il a reconnu aussi, sous l'herbe poussée et séchée, le cercle de cendre noire où les hommes ont l'habitude d'allumer un feu. À leur manière, Thomas arrache à grandes poignées l'herbe séchée et givrée, il amasse là un tas de brindilles, d'aiguilles, de branches et il prend une allumette. Ses mains tremblent. L'air est glacé et il vente. Thomas n'a guère l'habitude de tenir des allumettes. Il ne fume pas encore. Autour, c'est la nuit, partout. Rentré dans sa cabane, sans retirer ses bottes, il s'enroule dans ses couvertures. Il serre la laine autour de son corps. Sur le mur, le feu torture les ombres ; à travers les interstices calfeutrés de mousse, il le voit danser. Si le vent se lève, il faudra l'éteindre s'il ne veut pas que toute la forêt ne devienne une grande flamme que l'on apercevrait du village, que les hommes verraient... Il a souvent entendu l'histoire, dans son village, d'un danseur, un bel étranger distingué, dont tout à coup, le costume était devenu du feu pendant qu'il dansait avec une jeune fille, la plus belle du village, si belle... Thomas s'endort... Au matin, il reprend la route. Il reconnaît les signes marqués sur l'écorce ; il aperçoit le tronc d'érable jeté par-dessus la rivière pour tenir lieu de pont. Il traverse et, à sa main gauche, comme on le raconte, il suit la rivière. À travers une glace aussi fine qu'une vitre de fenêtre, il voit des truites engourdies. Il fend la glace, comme si ce coup de branche pouvait retarder la venue de l'hiver. Il longe la rivière ; il ne peut pas ne pas rencontrer le lac. Il soupçonne dans l'air l'odeur du lac. La forêt ne sent plus, ici, la résine, mais l'eau, mais la glace. À ce temps-ci, pourtant, le lac ne doit pas être tourné en glace... Non, de l'autre côté des broussailles, l'eau bouge. Dans aucun des récits, les hommes n'ont traversé en marchant sur la glace. Ils arrivent au lac avant la tombée du jour et les plus prévoyants ont soin d'abattre les arbres nécessaires à la construction d'un radeau qui leur évitera d'avoir à contourner le lac et à s'enfoncer dans des marécages où l'eau ne se distingue pas de la terre. Thomas s'attaque aux troncs et le soleil fuit derrière les branchages. Il allume un feu. À sa lumière, il attache ensemble cinq troncs avec le fil de laiton qu'un homme porte toujours dans son sac. L'abri ne doit pas être loin, mais il fait nuit déjà. Cherchera-t-il? Le ciel est propre, clair. Il dormira dehors. Il étale des branches sur son radeau, il déroule ses couvertures, il roule un arbre sec sur le feu, jette quelques branches qui craquent et, au matin, lorsqu'il se réveille, il rit à gorge déployée parce que c'est le troisième jour. À la fin du troisième jour, les hommes, dans leurs récits, dorment dans les camps après y avoir mangé. Il traîne le radeau jusqu'au lac, le pousse dans l'eau, il y saute, sac au dos et, avec un jeune et fin bouleau qui lui sert de baguette, il fait glisser le radeau. L'eau clapote sous les troncs. Le fond du lac est mou : la baguette s'enfonce dans une boue brunâtre qui monte à la surface. Parfois la baguette heurte quelque chose dur comme des cailloux. Des arbres cassés par la foudre ont pourri sans tête, les pieds dans l'eau. Le radeau glisse. L'eau parfois le recouvre. C'est ainsi que la traversée se fait, dans les récits des hommes. Thomas ne doit pas avoir peur ; la peur alourdit ; le radeau s'enfoncerait, et toujours du côté du coeur parce que c'est là que pèse la peur. Thomas se tient solide, les jambes raides, comme s'il était debout sur un rocher. Ici, il n'y a plus de fond. Sa baguette ne heurte plus rien. Il s'en sert comme d'une rame. Lentement il glisse, le vent dans le visage. La rive s'éloigne. Sur la forêt, autour de lui, vole une poussière blanche. Quand les hommes du village décideront, à la première neige, de partir, il sera, lui, rendu au chantier. Il vérifie si son couteau de chasse est toujours à sa ceinture. La neige tombée sur l'eau ne fond pas tout de suite et flotte un instant autour du radeau. Ici, il n'y a pas de fond. À cette idée (Thomas a-t-il été secoué par la peur?) le radeau s'incline comme si le Diable, en dessous, l'avait empoigné. Thomas s'agrippe à sa baguette, crie et s'affale dans l'eau. Il va s'engourdir. Il va devenir glace en même temps que l'eau. Il va mourir parce que mourir, c'est devenir froid. Son sang tourne si vite dans son corps qu'il ne pourrait devenir solide. Thomas enserre le radeau entre ses jambes et à plat ventre dans l'eau glaciale des vents, des jours et des nuits de novembre, il bat l'eau de ses deux bras pour ne pas mourir, pour ne pas devenir glace, si vite que l'eau froide sur ses mains, ses bras et son ventre brûle comme du feu. Thomas sait qu'il va mourir. Le radeau touche la rive. La neige n'est plus une fine poussière, mais un champ de fleurs glacées. Il veut se relever, sauter sur le sol ; l'eau le tient collé à son radeau : il est pris dans l'eau comme dans la glace. Dieu a voulu qu'il soit jeune. On est jeune pour être fort. Engourdi, il s'arrache à l'eau, il marche sur la terre de novembre. Le froid est dans son corps comme un mal de dents. Ses vêtements seraient de glace qu'il ne serait pas plus transis. Son souffle, aussi froid que l'automne, ne fait pas de buée. (Au souvenir de ce froid, Vieux-Thomas tremble encore. Allongé dans son cercueil, sous l'hiver le plus insinuant, il n'aura jamais aussi froid.) Ses bottes sont plus glacées que l'eau où flottaient ses pieds. Au bout du sentier, maintenant, s'il marche, il apercevra, avant la tombée du jour, le camp des bûcherons où il fera chaud et où il y aura une odeur de viande rôtie. Il faut se faire sécher. La neige ne cache pas tous les débris secs qui feront un bon feu. À l'instant d'allumer, il trouve ses allumettes humides. Il courra pour se réchauffer. Le soleil est loin derrière la neige qui s'étale de la terre au ciel. Thomas, frissonnant, écrasé, continue dans le sentier que les pas des hommes du village ont creusé. Doit-il aller vers la main gauche ou vers la main droite? Il a si froid. Trempée de glace, sa mémoire ne se rappelle plus ce passage des récits. Il décide de marcher vers le côté de son coeur. (Vieux-Thomas ne se souvient que d'un grand froid noir sous les branches. Un froid si intense que peu à peu Thomas s'y sent bien.) Il pourrait s'arrêter et geler debout avec bonheur. Tout à coup se dresse devant ses yeux un camp de troncs équarris et calfeutrés de mousse. C'est celui que l'on rencontre dans les récits. Voici l'écurie; les chevaux en sueur sont enveloppés d'une vapeur blanche; la fumée blanche aussi monte de la cheminée du camp, s'accroche aux épinettes et disparaît. Thomas est-il dans le récit des hommes? Est-il dans la réalité? Il ne peut plus croire qu'au froid. Il tourne longtemps autour du camp, sans s'éloigner, sans s'approcher. Son esprit ne veut plus croire qu'il existe un camp où il peut entrer, où il n'aura plus froid. À la fin, il marche vers la porte, la pousse. Cela est chaud dans son visage. En venant dans le sentier, il soufflait sur ses doigts pour chasser les épines du froid ; même son haleine était glacée. Le camp, par la porte ouverte, jette sur lui une haleine chaude. Thomas s'empresse d'expliquer qu'il est tombé de son radeau, qu'il est gelé comme un glaçon du mois de février et qu'il est content d'être arrivé et que demain à l'aube, il donnera avant tous les autres le premier coup de hache. Les hommes l'écoutent, se regardant et riant un peu. Puis ils lui parlent. Thomas ne comprend pas. Leurs mots ressemblent à des grognements : ils parlent comme s'ils n'avaient pas de bouche. Dans les récits, les hommes dans les camps parlent de la même manière que ceux du village. Thomas s'est trompé, il a suivi la mauvaise direction. Pleurant comme il pleurait dans l'enfance, il s'enfuit sans refermer la porte et il suit à tâtons le sentier qui le ramène au lac. Il repartira demain vers l'autre direction. (Au souvenir de ce jour, Vieux-Thomas pleure comme un enfant. Pour la première fois, il entendait parler des Anglais, pour la première fois il voyait des Anglais. Pourquoi s'est-il enfui? Pourquoi le chevreuil s'enfuit-il devant le chasseur? Pourquoi l'oiseau se sauve-t-il en apercevant l'oeil d'un chat? Ils ont dans le sang une connaissance qui leur ordonne de fuir. Il devait être écrit dans le sang du jeune Thomas qu'il fallait se sauver devant les Anglais. Thomas savait, depuis l'école, que les Anglais lui ont pris son pays.)

— Pépére, arrêtez de grogner aussi fort. Vous allez réveiller ceux qui dorment.

Ces faiblards-là veulent être tranquilles et dormir sur leurs deux oreilles, ils ne veulent pas être dérangés pendant que Jean-Thomas est en prison. Jean-Thomas, lui, n'a pas eu peur des Anglais. Jean-Thomas, lui, n'a même pas eu peur de la Reine des Anglais. Jean-Thomas a même osé apprendre l'anglais dans ses livres. Non seulement il n'a pas eu peur de la Reine des Anglais, mais il doit lui avoir dit la vérité en anglais! Ah! s'il avait été accompagné de Jean-Thomas, au camp des Anglais, Vieux-Thomas n'aurait pas fui. Qu'est-ce cette peur qu'il a des Anglais? C'était une peur mêlée à son sang. Au village, on disait de Thomas qu'il n'avait peur de rien. Il n'avait pas eu peur d'aller marcher dans le cimetière pendant la Nuit de la Fête des Morts. Dans ces temps-là, les âmes des morts sortaient sur la terre et dansaient toute la nuit, jusqu'au premier rayon du jour; alors, elles retournaient d'où elles venaient. Si un cheval s'emballait en levant les sabots aussi haut que les toits, on appelait Thomas : il avançait vers lui sans peur ; le cheval devenait humble, tranquille et posait les quatre sabots sur la terre. Si, dans la nuit, le feu éventrait la cheminée d'une maison pour s'échapper sur le toit, on appelait Thomas qui n'avait pas peur de grimper, accroché on ne sait comment, malgré la neige et la glace : il s'approchait des flammes et, à coups de veston, il attaquait le feu et l'obligeait à reculer. On avait peur à le regarder ne pas avoir peur. Ce n'est pas tout à fait vrai qu'il n'avait peur de rien. A-t-il confié à Jean-Thomas que le Village des Anglais le terrifiait ? Un homme ne parle pas de ses peurs. C'étaient quelques maisons rassemblées autour du chemin, comme un piège. Aucune de ces maisons n'avait entendu un seul mot de la langue québécoise. Jamais un seul Canadien français n'était entré dans l'une de ces maisons : en tout cas, Thomas n'en connaissait pas un seul qui ait osé même passer devant. Ceux qui habitaient là étaient de purs Anglais. Ces Anglais-là, par leur religion, étaient tous des Protestants. Pas un seul Canadien français catholique n'aurait voulu traverser ce village ni le jour ni la nuit. Dans les temps anciens, des Canadiens français, qui n'avaient pas froid aux yeux, s'étaient risqués dans le chemin du Village des Anglais. Les Anglais avaient lâché leurs chiens, de gros chiens anglais qui jappaient dans la langue de leurs maîtres. Les Canadiens français qui n'avaient pas froid aux yeux avaient essayé d'amadouer les bêtes avec les mots qui font se coucher les chiens canadiens-français, mais ces chiens anglais ne comprenaient pas un mot de québécois et ils sentaient, pour la première fois, de la viande canadienne-française ; ils jappaient à déchirer le ciel et ils montraient des dents coupantes comme des couteaux de chasse. Les Canadiens français avaient détalé, heureux de ne pas laisser une bouchée de leur chair ou de leurs os dans la gueule des chiens. Depuis que l'on racontait cette histoire, personne ne s'était aventuré dans le Village des Anglais. Cette histoire venait des temps anciens, mais on la racontait souvent au village afin que personne n'oublie. Thomas n'avait peur de rien. Quand, dans sa jeunesse, il fréquentait sa Défunte qui habitait dans la plaine, de l'autre côté du Village des Anglais, Thomas descendait de sa barouche, prenait son cheval par la bride et à travers les fardoches, les aulnes, de pierre en cahot, il guidait son cheval vers cet autre chemin que les Canadiens français avaient tracé dans la forêt, à force d'éviter le village maudit. Le jour de son mariage, surtout ce jour-là, il avait contourné ces maisons dangereuses, bien protégé par les épinettes serrées les unes contre les autres. Les Anglais ne virent pas cette jeune fille, plus belle qu'une reine dans sa longue robe blanche et ils ne purent, dans leurs mauvais plans de Protestants, s'emparer de sa femme comme ils s'étaient emparés du pays de Québec. Chaque année, il retournait au village de sa Défunte, avec les enfants qui s'entassaient plus nombreux dans la barouche ; Thomas évitait le Village des Anglais. Il obligeait les enfants à cesser de chanter, à se taire dès qu'il apercevait sur l'horizon l'amoncellement gris des maisons. Les enfants n'avaient plus le droit d'être heureux. Il menaçait de distribuer des coups. Les enfants n'avaient plus de joie, plus de rires, mais des larmes. Pouvait-il leur dire qu'il avait peur ? Guidant le cheval, il ne pouvait empêcher sa main de trembler sur la bride empoignée. Il aurait voulu que le cheval et la barouche glissent dans la boue et sur les pierres avec le silence d'un oiseau qui passe dans le ciel. Derrière les épinettes, dans l'ombre sous les branches, des Anglais étaient peut-être embusqués. Les Anglais des chantiers forestiers enduraient les Canadiens français : sans eux, leurs scieries n'auraient pas eu de bois et ils n'auraient pas eu de bras pour rouler les billots devant la scie ni pour actionner la scie. Arriver de l'autre côté du Village des Anglais et reprendre le chemin normal, sans avoir aperçu un seul Anglais, c'était un bonheur aussi grand que celui de revenir à la maison après l'hiver. Les enfants recommençaient à chanter, sa Défunte rayonnait à sentir sur son visage l'air de son village qui s'approchait. Thomas pouvait-il leur dire qu'il avait eu peur ? Un homme n'avoue jamais sa peur, surtout pas à ses enfants. Et encore moins à ses petits-enfants ! Jean-Thomas ne s'est jamais douté que Vieux-Thomas a connu la peur. Il sait qu'il a lutté contre des chevreuils sauvages, à mains nues, dans la neige, il sait qu'il a abattu une forêt d'arbres aux troncs plus larges que des épaules d'hommes en des hivers où les chevaux mouraient — et non les hommes — il sait qu'il a fait pousser le blé dans des champs où des pierres étaient si nombreuses qu'elles avaient dû être semées par Dieu pour éprouver ses fidèles serviteurs, mais il ignore que Vieux-Thomas, si fort, qui a presque quatre fois vingt ans, qui pourrait revivre une deuxième vie et faire tout ce qu'il faisait dans sa première vie, excepté les enfants et qui sait, peut-être... il ignore qu'en apercevant un village de maisons de bois, avec des cheminées qui fumaient et des enfants qui jouaient, son grand-père a tremblé de peur : les muscles tendus, prêts à la bataille, il a tremblé de peur à la manière d'un enfant qui, au fond de la nuit, tombe dans un cauchemar qui va l'avaler. Vieux-Thomas n'a jamais raconté ces voyages à Jean-Thomas. Les hommes d'une génération ne doivent pas transmettre leurs peurs à la génération suivante. Il ne faut pas apeurer la suite des hommes. Un enfant a le droit de marcher dans le chemin de la vie sans être soutenu par la main tremblante d'un aîné qui a peur. Jean-Thomas, lui, n'a pas peur. Il est allé braver la Reine des Anglais. « Mon cher bon Dieu, ce petit-là doit aussi avoir ses peurs cachées ; chaque homme en a. » Ce soir, couché sur le

ciment, dans la paille humide de vieille urine, recroquevil-
lé sous une couverture pleine de poux et qui a gardé
l'odeur d'un ancien prisonnier, peut-être pendu, Jean-
Thomas doit avoir peur. Les Autres dorment en paix
comme si Jean-Thomas était au paradis. Vieux-Thomas
ne veut pas dormir. Son petit-fils et lui sont tous deux
prisonniers ; Jean-Thomas n'a même pas de berceuse. Il a
certainement de la fierté, mais la fierté ne donne pas un lit
à un homme et elle ne lui donne pas le pouvoir de
traverser les murs de la prison. « Ma seule fierté, c'est
d'avoir duré plus longtemps que ma peur. Maintenant
que me voici au bord de la tombe, cher bon Dieu, je vous
confesse que j'ai pas peur. » Ce n'est pas vrai. À la vérité,
dans sa berceuse, il tremble de peur. Mais il cache sa peur
comme il a caché une somme d'argent, chez le Notaire
Actuel, pour les Enfants, après son départ ; il leur a caché
cette peur, mais il ne peut se la cacher à lui-même : « oh !
cher bon Dieu, il arrive de me mentir, mais la plupart du
temps, je me crois pas ! » À certaines heures de grand
soleil, il serait prêt à se croire au début de son chemin
d'homme. Cependant quand viennent les automnes, puis
les nuits où le vent siffle sur la neige, il ne peut s'empêcher
de penser qu'il pourrait n'être pas là pour voir le
printemps remonter dans le ciel. Alors sa peur est aussi
grande qu'à l'orée du Village des Anglais.

— Pépére, c'est l'heure d'aller vous coucher.

— Regardez dehors, y a p'us un seul vieillard qui traîne
dans la rue.

— Ça ronfle jusque dans le cimetière !

Les Enfants ne sont plus autour de la table. Tous, ils
se roulent dans leurs lits comme des crêpes dans le sirop.
Une personne dans l'univers, une au moins, doit veiller
pour que cet enfant ne soit pas oublié en prison, cet enfant
qui n'avait même pas, pour se défendre, un couteau de
chasse. (« Parce qu'i' ont des livres, i' croient qu'i' auront

jamais besoin d'un couteau de chasse. ») Quelqu'un doit penser à cet enfant, en prison, avec ses petites mains fragiles comme le papier de ses livres, ses petits muscles d'étudiant habile à soulever son crayon, sa voix douce qui n'a jamais eu besoin de commander à des chevaux désespérés ou de se faire entendre de la Grande Oreille du bon Dieu caché bien loin de l'autre côté du ciel. «Souvent, cher bon Dieu, vous voulez pas entendre ce qui se dit su' la terre. Ce soir, vous devez pas regarder la prison de Jean-Thomas parce que vous devez pas être ben fier d'avoir créé un monde où des hommes qui ont des bâtons envoient en prison des enfants qui en ont pas. » L'Homme dans la télévision a montré un de ces bâtons : avec du plomb à l'intérieur. Veulent-ils assommer des veaux ? Mettre en prison des enfants qui crient dans les rues... « C'est vous, cher bon Dieu, qui lui avez donné une voix ! » Si Vieux-Thomas a bien entendu les Enfants quand ils chuchotaient autour de la table, Jean-Thomas aurait crié à la Reine d'Angleterre que le pays de Québec n'est pas un pays libre. Pour punir Jean-Thomas qui croit que le pays de Québec n'est pas libre, la Reine d'Angleterre l'a envoyé en prison. « Mon cher bon Dieu, vous avez créé des Reines et des gens ordinaires. Avez-vous créé les Reines pour envoyer les gens ordinaires en prison ? Avez-vous aussi créé les prisons ? » Jean-Thomas n'est pas comme les Autres qui sont allés dormir. S'il était à la maison et si un de ses frères était en prison, il ne serait pas allé dormir. Il ne doit pas dormir, ce soir. Il doit être debout comme s'il était midi. Enfant, Jean-Thomas aurait pu vivre avec un seul mot : «pourquoi ? » Par la fenêtre, il aperçoit un habitant qui se dirige vers ses champs. Jean-Thomas est incapable d'arracher son regard de cet homme courbé qui suit le sentier tracé dans la boue. L'enfant colle ses yeux contre la vitre. Plus l'habitant s'éloigne, plus il est attiré, plus il écrase ses yeux sur la vitre. S'éloignant, l'habitant

devient de plus en plus petit. Jean-Thomas le regarde
fondre. Peu à peu l'habitant prend la couleur de la boue,
de la pierre, il se confond avec les arbustes. Il a disparu.
Les yeux de l'enfant semblent avoir vu ce que personne
n'a jamais vu, il demande, anxieux : « Combien de temps
i' faut marcher pour se rendre là où la terre touche le
ciel ? » Pourquoi ? toujours pourquoi ? Jean-Thomas a
besoin de comprendre même s'il n'y a rien à comprendre,
même si on ne peut pas comprendre. L'automne, quand
les hommes se hâtaient de scier en bûches les érables qui
nourriraient le feu pendant l'hiver, quand ils se dépê-
chaient, avant que le froid ne pénètre dans les pierres, à
rechausser les fondations des maisons avec du bran de
scie, quand les femmes faisaient bouillir les conserves de
fruits et de légumes pour l'hiver et terminaient les tricots
pour les enfants qui avaient grandi, quand avec un
couteau, elles poussaient des lisières de tissu dans les
interstices des fenêtres et des portes, entre les planches
des murs, pour empêcher les vents d'entrer, quand les
enfants, dans l'air qui piquait les doigts et les nez,
continuaient de s'appliquer aux jeux de l'été comme s'ils
avaient pensé, par leurs jeux, retenir la saison, Jean-
Thomas, lui, demandait : « Pourquoi les feuilles sont
vertes l'été et rouges l'automne ? » Mais c'est surtout
devant le feu de la forge que Jean-Thomas était saisi du
vertige de vouloir comprendre toute la vie ; on aurait juré
qu'il avait aperçu, dans le feu de charbon la vie entière : le
ciel, la terre, l'enfer, l'enfance et la vieillesse, comme un
homme qui a vécu longtemps. Plus il entendait de
questions, moins Vieux-Thomas savait de choses. Pourquoi le feu amollit le fer ? Pourquoi le fer ne durcit-il pas
le feu ? Pourquoi les enfants ne peuvent-ils pas avoir des
enfants comme les parents alors qu'ils peuvent mourir
comme les parents ? Pourquoi faut-il mourir ? Est-ce
qu'on est obligé de venir au monde ? Pourquoi le bon

Dieu ne meurt-il pas? Pourquoi y a-t-il des pauvres et des riches? Pourquoi y a-t-il des choses qu'on oublie et d'autres dont on se souvient? Pourquoi ne vient-on pas au monde grand et ne meurt-on pas petit dans le ventre de sa mère? Pourquoi? Pourquoi? «Cher bon Dieu, i' faut pas vous demander pourquoi? On comprendrait pas vos réponses.» Vieux-Thomas se rappelle avoir un jour dit à son petit-fils: «Une bonne fois, tu resteras le cou pris dans un pourquoi comme le lièvre dans un collet.» Dans la nuit, il veut se préoccuper de Jean-Thomas. Quelqu'un sur la terre doit songer à lui: si cette pensée s'éteint, Jean-Thomas va s'égarer comme si aucune fenêtre au loin n'était allumée. Les Autres lui interdisent tout ce qu'un homme libre a le droit de faire. Que lui reste-t-il, dans sa berceuse, sinon de penser? Penser à Jean-Thomas. La pensée, n'est-ce pas l'âme? Si l'âme saute par-dessus les distances et passe au travers des murs, Jean-Thomas saura qu'il n'est pas abandonné comme un homme égaré en forêt. Jean-Thomas apercevra la petite lumière, au loin, de la pensée de son grand-père, il s'accrochera à cette petite lumière et peu à peu il perdra le goût de désespérer. Cela vaut mieux que d'être terrifié, seul sur la terre, au fond du trou où l'ont jeté les hommes de la Reine d'Angleterre. Jean-Thomas lisait dans un petit livre: «Les Québécois n'ont ni Reine ni Roi. Leur dernier Roi a été Louis, un Roi de France; depuis deux cents ans, les Québécois n'ont pas de Roi en France, ils ne veulent pas de Reine en Angleterre. Le Roi, c'est chacun des Québécois.» L'entendant lire ces lignes, Vieux-Thomas croyait que c'étaient des bavardages d'enfant, des cui-cui d'oisillon. Si Jean-Thomas se trouve derrière les barreaux à cause de ces paroles-là, un mouton peut être jeté en prison pour avoir bêlé. «Si c'est la loi, c'est certainement pas vous qui l'avez créée, cher bon Dieu.» Vieux-Thomas ne peut rien contre cette loi, mais quand Jean-Thomas reviendra, ils descendront la montagne vers les terres basses et ils suivront la rivière Famine jusqu'à ce coude où les pêcheurs ne vont pas à cause des aulnes trop serrés. Toutes les truites du pays sont rassemblées là, tranquilles dans cet abri.

— Pépére, vous allez pas passer la nuit debout.

— Voyons donc, Pépére est pas debout, i' est collé dans sa chaise. I' peut pas se lever.

— Pépére se rappelle le temps où i' pouvait faire des péchés !

Vieux-Thomas sait qu'une petite lumière allumée au loin peut sauver un homme. Combien d'hommes perdus dans une forêt aussi noire que la nuit, happés par une neige profonde comme la mer, sous des vents dont les hurlements ne pouvaient être distingués de ceux des loups, ont été sauvés par une lumière, allumée au loin, que ni l'hiver ni la nuit n'avaient éteinte. Vieux-Thomas n'oubliera jamais, lui, une petite lumière aperçue il y a tant d'années au bout d'une nuit aussi immense que l'océan. Toutes les années n'ont pas réussi à l'estomper au fond de sa mémoire. La revoir cette nuit, dans son souvenir, est une promesse de vivre encore longtemps. Dieudonné, le père de Jean-Thomas, dans ces temps-là, n'était qu'un enfant parmi les autres. Thomas et sa Défunte étaient désespérés que vienne l'hiver sans qu'ils puissent acheter des chaussures aux enfants. (« Ces pieds-là poussent comme de la mauvaise herbe. ») Les Compagnies, dans les forêts, avaient trop d'hommes. Parti à l'automne, comme les autres années, Thomas était revenu, non pas au printemps, mais la semaine suivante. Les Compagnies n'avaient plus besoin de bras. Le village et tous les autres villages étaient remplis d'hommes qui ne savaient que faire de leurs bras dont personne n'avait plus besoin. Les maisons débordaient d'enfants qui ne comprenaient pas que le travail était disparu comme l'eau tout à coup ne monte plus au puits. Les pères passaient des jours à fumer, assis devant la fenêtre, sans parler. Les rues de la ville, disait-on, étaient pleines d'hommes qui se promenaient, les bras ballants le long du corps, des bras ramollis qui n'avaient rien soulevé depuis des mois. Thomas expliqua à sa Défunte qu'il valait mieux chercher que d'attendre. Laissant sa hache à la maison, il part. La Défunte a entassé dans son sac des vêtements chauds. Il marche pendant trois jours. Dans chaque village, quelqu'un, soumis, lui dit : « De nos jours, un homme est mieux là où i' était que là où i' s'en va.» On lui confie : « Tous les jours, j'ai vu revenir de la ville des hommes comme toé qui ont rien trouvé.» On lui assure: « I' faut pas chercher parce qu'y a rien.» Thomas croise des hommes qui reviennent maigres et barbus, les vêtements plus sales qu'au printemps, après un long hiver : « J' retourne dans mon village; en ville, tu peux pas manger une brique, tandis qu'au village...» On dit : « Y a un bureau en ville qui trouve du travail, qui est supposé... Y a là plus de monde qu'à la messe. Tu dois attendre ton tour. Avant que tu touches à la porte, ta femme a le temps de pondre ses jumeaux qu'elle s'est fait faire pendant que t'attendais. Dans le temps que j'attendais, moé, j'ai pas vu la porte s'ouvrir une seule fois. J'ai même entendu dire que la porte du Bureau d'emploi peut pas s'ouvrir. Ça serait une porte, sans personne derrière, une porte clouée sur un mur, une fausse porte que le Gouvernement a fait installer pour que les gens comme toé et moé, on perde pas l'espoir.» Thomas pense qu'il vaut mieux chercher que d'attendre. Il marche. Il approche de la ville. Il se trouve devant plusieurs bateaux accostés. Il n'a jamais vu de bateaux pour la raison que les bateaux ne naviguent pas dans les terres de roches où il vit. Il avance, fasciné par les câbles qui se croisent dans un grand tricot, fasciné par le rêve que cela peut se détacher de la terre, glisser sur l'eau et s'en aller au bout du monde. Retenu, par de gros câbles enroulés, à la terre, ça bouge, ça balance comme une feuille au vent. Des hommes vivent là-dedans. Il les regarde aller et venir, courir. Le bateau détaché, ces hommes n'ont pour les protéger de la mer qu'un mur de bois ; les planches embouvetées ne sont pas plus épaisses que la main d'un homme... À côté, il y a un bateau en fer. Comment cela peut-il flotter, un bateau en fer ? Un simple sou de métal qui pèse une plume coule au fond de l'eau. Comment un bateau de fer peut-il se tenir sur l'eau ? Il avance, recule, se penche pour essayer de voir. Il sent le poids d'un regard sur ses épaules. On le surveille. Thomas lève les yeux. L'homme lui fait le signe de s'approcher. Il répète son geste avec une insistante autorité. Thomas monte sur le madrier posé comme pont entre le quai et le bateau. Thomas ne comprend pas les cris de l'homme. Ce doit être de l'anglais. Il suit l'Anglais qui parle comme si Thomas comprenait. Ses épaules frottent les murs. Le passage est étroit. Les murs sont noirs. La voix de l'Anglais dans le tunnel des murs et du plafond semble venir de sous la terre. Cette voix-là ne parle pas, elle gronde. Il sent que l'Anglais l'avertit de faire attention : un escalier noir qui descend dans la nuit avec des marches qu'il ne voit pas. Quelque chose comme une tempête au loin, un gros feu d'abatis. Il met la main au mur, pour s'appuyer. Cela est graisseux comme un fond de poêlon. Son pied ne rencontre plus de marche, c'est le bout de l'escalier. L'Anglais parle toujours. Glissant le pied pour faire un pas, Thomas reçoit un coup sur le nez. Il ne saigne pas. On ne passe pas sous ce tuyau sans se pencher. La forme de l'Anglais semble s'être arrêtée. Thomas devine qu'il se penche. S'assoit-il sur le plancher ? Thomas, aussi, trouve le trou dans le plancher. Il s'assied. Le plancher est de fer et gras comme les murs. Ses pieds tâtonnent, trouvent l'appui d'un barreau d'échelle. D'appui en appui, il descend au fond de la nuit. Pourquoi ne s'est-il pas enfui quand il a entendu la voix de l'Anglais ? Il n'a pas eu peur. Il pense à sa maison de bois blanchi, à l'encadrement des fenêtres rouge, il pense à l'odeur de la soupe aux légumes, au feu dans la cuisinière au bois, aux cris des enfants, à la Femme. Une grosse porte criaille sur ses charnières. Des ferrures sonnent. L'Anglais appelle. Sa voix est recouverte par une énorme respiration. Une lumière rouge comme chez le Diable frappe par éclairs. Thomas comprend que l'Anglais veut qu'il entre. Il fait chaud là-dedans ; il se penserait dans le four d'une grande cuisinière au bois. La nuit est trouée de flammes. Il respirerait plus facilement s'il avait la tête sous l'eau. La forme d'un autre homme apparaît dans ce trou quand s'ouvre une petite porte derrière laquelle le feu furieux rugit. L'homme jette plusieurs pelletées dans l'ouverture et il referme la porte. L'Anglais s'approche de Thomas et crie dans son oreille pour rendre ses grognements plus forts que ceux du feu dans les chaudières. Thomas ne comprend pas. Le langage de l'Anglais n'a pas l'air d'être humain, il a le son d'un cri de bête ; et cette bête, dans une nuit plus épaisse que toutes les nuits connues en forêt, se presse contre Thomas et rugit dans son oreille. Ses jambes mollissent. Il ne peut plus fuir. Qui l'a poussé jusqu'ici ? Qu'est-ce qui l'a empêché de savoir qu'il tremble depuis qu'il a entendu cette voix ? L'Anglais lui jette une pelle dans les mains. Thomas la saisit comme si elle allait l'aider à se tenir debout. L'Anglais se tait. Une lueur passe sur son visage. Thomas l'a vu sourire. L'Anglais pose une main sur son épaule et il disparaît. Grondements et craquements du feu. Trou étouffant. Thomas a trouvé du travail. Ici quelqu'un a besoin de ses bras et de ses mains. Il pourrait remonter au grand jour où le ciel laineux se prépare pour l'hiver, mais, le long du chemin, quelqu'un voudra-t-il acheter le travail de ses bras ? À la ville, tant de bras attendent le jour de pouvoir enfin saisir un outil de travail. Ses enfants, sa femme l'attendent, et il n'oserait se montrer à eux vaincu, désespéré, sans gain.

— C' fait-i' longtemps que tu fais ça ? demande Thomas en se tournant vers l'homme pour ne plus voir l'image de sa famille, dans sa pensée, qui attend déjà son retour.

L'homme se tait dans l'obscurité.

— Moé, c'est la première fois que je vois un bateau en chair et en os.

L'homme semble ne pas entendre. Sortant de sa cachette d'ombres, il ouvre la porte de la chaudière avec un long crochet et comme s'il était devenu furieux en voyant le feu, il y jette des pelletées : ses mouvements sont ceux de la colère ou de l'impatience exacerbée. Cet homme se bat pour gagner quelle lutte ? Dans la forêt, Thomas n'a jamais vu un homme s'attaquer à un arbre avec une telle fureur. Il l'observe. Tout à coup l'homme rugit. Thomas n'a pas compris. Le feu gronde, le charbon crépite, les chaudières tremblent dans leur acier. Thomas sent que l'homme lui a dit de commencer à travailler. Du bout de sa pelle, il farfouille dans le tas de charbon, au fond de l'ombre épaisse, pour soupeser cette chose qui n'est ni terre, ni caillou, ni bois... « Une pelle et du charbon, cher bon Dieu, c'est une autre religion que la hache et le bois ; i' faut comprendre, s'habituer. »

— C'est-i' une tâche qui est ben dure ?

L'homme continue à lancer du charbon dans la chaudière ; on dirait qu'il veut enterrer le feu. (« Cet homme-là va s'user le cœur à se dépêcher ; cher bon Dieu, l'éclair, ça va vite, mais ça vit pas longtemps. ») L'homme crie encore. Ces sons ne viennent pas d'une bouche humaine. Thomas ne comprend pas cette plainte, mais devant lui, la porte est ouverte sur le feu violent ; à son tour, il s'élance dans le charbon qui ne se distingue de l'ombre que parce qu'il est solide et, avec autant de force furieuse que l'homme, il jette du charbon dans le grouffre rouge. L'homme cesse de pelleter. Thomas, bouillant d'énergie, jette le charbon plus vite que le feu ne peut l'avaler. Il veut que l'homme le voit décidé à mettre dans la chaudière plus de charbon que de feu. Tout à coup la porte claque en se refermant. L'homme l'a repoussée. L'homme avance et se place entre Thomas et la chaudière. Noir ! L'homme a le visage noir comme du charbon. Le feu se reflète sur cette peau comme dans un miroir. Les jambes de Thomas plient : sa détresse est trop lourde. À peine a-t-il assez de force pour rouvrir les yeux. Le visage du Noir est aussi noir qu'il l'a aperçu. Noir, c'est aussi un homme... Et si Thomas remonte au grand jour, trouvera-t-il dehors, le long du chemin, ou à la ville, quelqu'un qui aura besoin de ses bras ? Pourrait-il raconter à ses enfants et à sa femme qui l'attendent, qu'il a trouvé du travail, mais qu'il s'en est sauvé et que maintenant personne n'a plus besoin de lui ? Pourrait-il même s'enfuir du bateau ? La carcasse du bateau craque de toutes parts à la façon d'une charrette trop chargée sur un chemin de cahots. Le bateau n'est plus rattaché à la terre. Sous les pieds de Thomas, le plancher bouge, montant et redescendant. Son estomac se serre sur sa faim. Il a le vertige de tomber dans un trou, lentement, et le plancher, sous ses bottes, tombe avec lui, plus vite que lui... Le Noir, le feu... Et la nuit âcre qui les englobe.

— Ça fait-i' longtemps que t'es dans ce trou-là ?

Cette face qui ne ressemble à aucun des hommes qu'il a vus, qui n'est de la couleur d'aucun des hommes qu'il connaît, ne peut avoir un langage comme les autres hommes, mais il sursaute quand il entend le Noir grogner des sons que ne peut sans doute comprendre qu'une autre face noire. Ça ressemble à une plainte qui viendrait du fond de la terre... Ça ressemble aussi aux cris des

«foremen» dans la forêt. C'est peut-être de l'anglais...
C'est de l'anglais! S'il parlait une langue catholique,
Thomas trouverait le moyen de le comprendre, même s'il
a une face noire et une grande bouche rouge, mais il parle
cette langue de Protestants qu'il ne veut pas comprendre
et qu'il ne pourrait apprendre, même battu à coups de
fouet. («Pour apprendre cette langue, faut être un damné
de Protestant, un maudit Anglais ou bien un Noir. Alors
hurle tant que tu voudras, mon Noir, j' te comprendrai
pas, parce j' suis ni un Anglais ni un Protestant ni un
Noir.») Les yeux de Thomas s'habituent à la nuit; il voit,
striées de lueurs, les mains du Noir saisir sa pelle, mais la
pelle ne plonge pas dans le charbon: elle s'élève dans l'air
et Thomas voit l'éclair du fer effleurer son visage. Un
grand cri animal éclate dans la bouche du Noir. Thomas
s'écarte. Ses mains serrent le manche de sa pelle. De la
façon dont on tient une hache pour abattre un arbre. Ce
n'est pas à l'écorce ni au bois que Thomas va s'attaquer,
c'est à la peau et aux os d'un homme. Comment pourrait-
il faire comprendre à cette bête noire? Il ne veut pas
frapper, mais il est aussi prêt à lui couper la gorge s'il le
faut. Que rugit-il dans sa langue qui semble venir des
temps lointains où l'homme était encore un animal?
Menace-t-il Thomas de le tuer? Dit-il plutôt que deux
hommes, dans le même bateau, dans le même trou de
nuit, ne devraient pas se faire la guerre? Comment
Thomas lui dirait-il qu'il ne veut pas blesser ni tuer ni
frapper un homme dont il ne sait pas comprendre la
langue? Le Noir hurle. Thomas se tait; pourrait-il dire
autrement qu'il veut la paix? Comment le Noir est-il venu
au fond de ce trou? Thomas pose sa pelle. Le Noir pose
aussi sa pelle... Le Noir crie. Tout à coup Thomas crie.
Chacun hurle plus fort que l'autre et, à force de crier, tous
deux parlent la même langue, celle d'une bête qui pleure.
Comme deux bêtes, ils se griffent, se frappent, s'étran-

glent, se mordent, saignent, roulent dans le charbon, s'écrasent sur les chaudières rougies. Ils se déchirent. Ils se fatiguent. Ils crient. Ils s'apaisent. Ils respirent. Tout est tranquille, longtemps. C'est la paix. Thomas se rappelle qu'il est dans un bateau. Quel est ce corps qui respire contre lui ? Quel est ce bras qui pèse sur sa poitrine ? Il redresse vigoureusement son corps engourdi en repoussant celui qui dort près de lui. Le Noir roule dans le charbon, s'éveille, regarde Thomas. Pleure-t-il ? Les épaules lui sautent et sa grosse voix semble sangloter. Il rit. Comme s'il venait d'entendre l'histoire la plus drôle de sa vie. Son gros corps tout secoué de rire, il prend sa pelle et jette du charbon dans le feu. Thomas cherche la sienne. Le Noir rit encore plus. Imperceptiblement le visage meurtri de Thomas se crispe comme si la peau allait se fendiller, mais en son âme, il ne peut retenir un éclat de rire... C'est une longue nuit dans laquelle Thomas s'est embarqué, une nuit de plusieurs semaines, qui ne laisse entrer d'autre lumière que celle du feu des chaudières. C'est une nuit inépuisable. C'est une prison qui n'est même pas sur la terre ; les rudes courants viennent heurter le plancher sous leurs pieds et le vide clapote contre les murs. Ils ne peuvent savoir s'ils avancent ou s'ils reculent, s'ils montent ou s'ils descendent. Mais là, Thomas a trouvé du travail pour ses bras. On lui paiera ses sueurs. Quelqu'un apporte régulièrement la nourriture et tandis que le Noir mange dans l'ombre, Thomas a pris l'habitude de s'approcher de la porte d'une chaudière pour que le feu, par les interstices, l'aide à savoir ce qu'il mange. En ville, bien des gens ne trouvent rien à manger ; il n'y a même rien à voler. Le premier soir, sorti de ce trou, il a cherché le passage pour aller respirer la nuit. Il avait la certitude d'y avoir épuisé l'air. N'entrait dans sa bouche qu'une poussière noire, sèche comme du bran de scie, qui obstruait sa gorge.

Étranglé, il se traîna vers la sortie. Sa gorge se délia quand il hissa la tête dans l'ouverture. Il sentit le vent passer au-dessus de lui. Il vit, à la hauteur de ses yeux, le pont du bateau. Avant qu'il ait aperçu le ciel, une voix de chien hurla. Il aspira une bouffée d'air. C'était une voix anglaise. Il devina qu'on lui interdisait de sortir. Thomas regagna la chambre des chaudières. Il n'a plus le désir de monter sur le pont. Dans leur petite nuit qui sent le charbon, l'urine et la sueur d'hommes, il n'a plus le désir de voir l'autre nuit. Thomas n'a plus de désirs. Lui, un homme de la terre, il vit sous l'eau. Lui qui a toujours choisi le chemin à suivre sur la terre des arbres et des pierres, il flotte. Où va-t-il, dans cette nuit, sous l'eau, traîné comme un noyé? Les murs d'acier boulonnés et soudés sentent le bois pourri, le plancher frémit sur l'abîme. Jusqu'où le mènera-t-on? Oh! cette nuit durera des jours, quelques semaines peut-être, et elle se termine-ra. Toutes les nuits se terminent. Quand le jour reviendra-t-il? Même si le Noir connaissait la réponse à cette question, il la donnerait à Thomas dans un langage ténébreux. Thomas est aussi loin de la terre que du ciel; quand ce bateau les ramènera-t-il au port? Thomas jette des pelletées de charbon. Avec le désir de sortir s'est atténué le désir de connaître la destination du bateau. Sur la terre ferme, un homme ne sait pas toujours vers quoi il marche. Il choisit une chose à sa portée et il pense marcher vers elle, mais il marche toujours vers le bout de sa vie, et peut-il savoir où sera située cette frontière sous l'horizon? («En pleine lumière, cher bon Dieu, su' la terre des arbres et des animaux, un homme connaît pas sa direction. Tout simplement, i' continue de marcher, i' arrête pas.») Thomas lance ses pelletées de charbon comme si chacune était un pas vers le jour. Alors il retournera dans son village, il verra briller au loin les fenêtres allumées, il reconnaîtra les feux de sa maison, il entrera en lançant un rouleau de piastres sur la table de la cuisine et, empilant les enfants sur ses genoux, il racontera son voyage lointain jusque là où les nuits durent plusieurs jours. Souvent le bateau est secoué : un bruit de tonnerre, et le bateau est bloqué à la façon d'une charrue qui heurte une pierre. Alors le Noir ouvre la porte de la chaudière et jette du charbon avec des gestes qui ne seraient pas plus désespérés s'il était tombé dans la mer. Tout autour, les parois du bateau craquent comme la glace au printemps. Thomas rejoint le Noir pour l'aider. Peu à peu il s'apaise : son gros visage noir a l'air moins apeuré à cause des yeux qui brillent moins. Son langage n'est plus un rugissement. Thomas peut même l'écouter. Il n'en peut plus douter : la langue du Noir est humaine. Il ne comprend pas, mais quand il y a la tritesse dans la voix du Noir, à l'écouter parler, Thomas devient triste. Cette tristesse entre en son âme comme, dans sa maison, s'infiltre la tristesse d'un jour de pluie. Parfois, c'est le rire qui s'étale sur les dents du Noir. Thomas a aussi envie de sourire. Parfois Thomas parle et le Noir écoute. Thomas parle de son village où l'attendent ses enfants et sa femme, il raconte ses longs hivers passés à couper des arbres dans un froid qui aurait changé les hommes en glace, s'ils ne s'étaient pas tenus brûlants à frapper le bois, il parle de cette buée blanche qui enveloppe les hommes pendant les jours glaciaux, il décrit comment il a lui-même bâti sa maison, il raconte comment, l'hiver, il chassait le chevreuil, il imite les bruits de la rivière sur les cailloux l'été et ceux du frétillement des truites qui sautaient. Le Noir écoute. Il ne rit jamais quand Thomas est triste. Dehors le jour succède à la nuit, mais dans cette chambre des chaudières, la nuit s'annonce sans jour aussi longue qu'un hiver. Thomas n'a plus peur de dormir près du Noir. Ici, l'hiver est plus chaud que tous les étés qu'il a connus et ses bras ont du travail. Il descendra de ce bateau avec un rouleau de piastres dans son sac tandis que la ville est une grande armoire où les tablettes son vides. Mais il s'entend confier au Noir : « Icitte, c'est comme la prison ; le bon Dieu a pas créé un homme pour le pousser en prison ! »

— Pépére, arrêtez de crier comme ça, vous allez réveiller toute la maisonnée.

— Pis même Mémére qui est morte !

Derrière les montagnes, entre le ciel et la terre noire, Jean-Thomas est perdu dans sa jeunesse, et les Autres dorment dans leur maison chaude. Ils oublient, Vieux-Thomas veut penser à lui. Vieux-Thomas veille. Il sait que les gens à qui l'on pense sentent au loin la chaleur de cette pensée. Sa Défunte savait qu'il pensait à elle parmi les épinettes si serrées que Dieu lui-même ne le voyait pas ; séparée de lui par des montagnes et d'autres forêts, sa Défunte lui écrivait qu'elle avait senti qu'il pensait à elle. S'il est vrai que la pensée peut sortir du corps et se rendre là où le corps voudrait aller, Jean-Thomas, dans sa prison, saura qu'il n'a pas été abandonné. Il verra celui qui ne l'oublie pas. Le visage de Vieux-Thomas sera une lumière allumée sur la rive lointaine. L'apercevant, l'on sait que la terre existe encore, qu'elle n'a pas été submergée par une mer sans fin : le voyage se terminera bientôt et l'on retrouvera la terre comme l'âme son corps. Au retour de son petit-fils, Vieux-Thomas lui racontera ce voyage en bateau dans la nuit, il racontera comment il a vécu l'espace d'un hiver devant un feu sous la mer, dans une petite prison, avec un homme qui avait la peau noire et qui ne parlait pas une langue catholique, il imitera la voix d'homme damné du Noir, il racontera comment ils auraient d'abord voulu être des chiens pour se déchirer en lambeaux avec leurs crocs, il racontera comment, après l'épuisement d'un combat, en sang, blessés, ils s'étaient sentis vidés de toute leur colère, il racontera comment, durant tout l'hiver, ils ont ensemble gardé vivant le feu qui servait de coeur au bateau, il racontera qu'un soir, on les a fait sortir de la chambre des chaudières, on leur a permis de monter sur le pont du bateau et là, ils ont aperçu les étoiles, des centaines d'étoiles, et parmi les étoiles, il y avait des fenêtres allumées ; Thomas qui n'était pas vieux alors, a dansé avec le Noir parce qu'il était revenu dans son pays. Il racontera qu'un employé du port lui a crié, à lui, Thomas : « Va te laver la face, sale Nègre ! » Mais l'employé n'a rien dit au Noir : il devait penser que le Noir était tout simplement noir de suie ! Jean-Thomas qui ne rit pas souvent rira de cette histoire. (« Toé aussi, tu fais un long voyage. C'est aller loin que d'aller là où y a pas de liberté. Regarde dans la nuit ; cette petite lumière là-bas, c'est moé, ton grand-père, qui pense à toé. À ton retour, nous marcherons ensemble sur la terre de ton pays ; t'as appris à marcher su' le plancher verni des écoles et su' les trottoirs des villes, où sont écrits les noms de toutes les choses, j' vas t'apprendre à marcher su' la terre de ton pays toute bossuée ; là, comme Adam et Ève dans le Paradis, tu peux donner un nom à toutes les choses, aux arbres, aux oiseaux, aux rivières, aux fleurs. Je te dirai les noms que j'ai appris de mon père et tu m'enseigneras ceux que tu sais ; y a trop de choses dont je sais pas le nom. Tu me liras tes livres et je t'écouterai, puis je t'écouterai p'us car je serai perdu dans mes souvenirs : mes souvenirs sont mes livres. Je t'apprendrai la chasse au chevreuil. J'ai la peau sèche comme une vieille pelure de patate, mais j'ai mon coeur de vingt ans. L'homme qui sait dominer un animal sait se dominer. Je t'apprendrai à saisir la truite qui passe dans l'eau aussi vite que le bonheur dans la tête des hommes. Nous marcherons sur la terre où ton père a marché, avant qu'i' soit terrassé par le désespoir, où mon père a marché, et son père avant lui, et son grand-père ; nous pêcherons dans cette eau où nos pères ont pêché et nous chasserons dans cette forêt où nos pères ont chassé, toujours à la sauvette, à la façon d'étrangers, en territoires interdits, mais nous savons, toé et moé, que le bon Dieu a créé cette terre pour nous et nos enfants, au commencement du monde ; il l'a conservée à la manière d'un beau fruit amer, d'une pomme d'automne, jusqu'à ce que l'Ancêtre vienne y accoster, y marcher, y boire, y semer, y chasser ; nous marcherons, j'aurai ton âge et toé, sur tes jambes sauteuses de jeune chevreuil, tu prendras mon âge, nous échangerons le temps qui te reste avec le temps que j'ai vécu et, du haut du ciel, le bon Dieu nous écoutera parler. Les oiseaux, dans ses arbres, parleront une langue étrangère, mais nous la comprendrons parce qu'elle est une langue d'amour. Toé et moé, on n'est pas doués pour apprendre une langue qui soumet. Thomas, je te demanderai de me raconter encore une fois comment t'as été arrêté dans la rue, pendant le défilé de Sa Majesté la Reine d'Angleterre. Tu raconteras encore une fois... ») Des hommes parlant ta langue comme s'ils l'avaient apprise de ta propre mère, avec des casques d'acier, des bâtons et des boucliers, comme si c'était la guerre, t'ont bousculé dans la cage d'un camion, ils t'ont donné des coups, ils ont marché sur toi avec leurs bottes cloutées, eux qui le soir chaussent des pantoufles pour ne pas égratigner leur parquet et qui appellent leur petite fille en robe de mousseline pour la caresser sur leurs genoux. Quand l'Homme dans la télévision montre le sourire de la Reine, ils ne disent pas à l'enfant : « Regarde la Reine du Québec », ils disent, eux aussi : « As-tu reconnu la Reine d'Angleterre ? » Ces mêmes hommes qui parlent ta langue, portant boucliers, bâtons et bottes cloutées, t'ont écrasé, ils ont déchiré tes vêtements. Habillés pour tuer, ils pensaient que toi aussi tu projetais de tuer et ils ont cherché un couteau de chasse, de la dynamite, une grenade dans tes vêtements. Tu raconteras, Thomas, tu raconteras. Ces hommes qui ont les poumons pourris par le tabac et qui se rendent malades d'alcool chaque fois qu'ils touchent le salaire de leurs coups, ils t'ont ouvert la bouche pour sentir ton haleine. Puis tu as traversé la ville, nu dans la cage du camion, les mains attachées, entre deux hommes qui avaient des gants de cuir et des bottes cloutées et des chemises antiballes. Leurs corps étaient aussi lourds que le poids de la loi et ils t'écrasaient, toi qui étais nu comme l'enfant Jésus. Les yeux visqueux de leurs pensées, ils examinaient ton sexe, secoués de rires monstrueux. Ils ont commencé d'imaginer ce que la Reine d'Angleterre, qui est une femme comme une autre, pourrait faire avec ce sexe de petit Québécois; ils s'étouffaient de rire à chaque jeu grossier qu'ils prêtaient à la Reine. Leur grossièreté te donnait envie de vomir et tu aurais voulu en protéger sa Majesté; tu étais si humilié de les voir rire, toussant, crachant, pétant, ces frères qui parlaient ta langue, tu sentais ta chair d'homme redevenir de la boue. Puis, l'un de ces hommes chargés de faire respecter la loi a conclu, mort de rire, que ton sexe ne pourrait servir qu'à curer les oreilles de sa Majesté. Entre les hoquets de ses rires, l'autre policier a jugé que tu n'étais pas un homme, puisque tu as insulté la Reine, que tu étais un enfant sans cervelle avec un petit sexe pas plus gros qu'un bonbon et il a invité l'autre à croquer la friandise. Tu ne voudras pas, Thomas, raconter que le policier s'est jeté à genoux devant toi et que son gros visage barbu a effleuré tes cuisses et tu ne diras pas que tu as crié: toute ta vie était dans ton cri. Tes mains étaient attachées dans ton dos, mais tes genoux serrés, soulevés par ce cri, ont cogné la tête casquée, plus fort que jamais Vieux-Thomas n'a pu frapper un arbre. Tu ne raconteras pas cela, mais Vieux-Thomas sait que le policier abasourdi s'est relevé doucement, comme s'il était rempli de tendresse, mais il a sorti de sa poche un canif, il a extirpé la lame et il a dit: « Tu sais ce qu'on fait aux fillettes comme toé qui ont pas la force d'être des hommes pour respecter la Reine et la loi? On la leur coupe...» De sa main qui ne tenait pas le canif, le policier a frappé avec une ardeur «qu'il n'avait jamais sur les mannequins de la salle d'entraînement.» Jean-Thomas, tu l'entendais parler entre les coups, d'une voix douce et apaisée. Tu étais dans un rêve et les coups ne pouvaient t'atteindre. C'est à ton réveil, dans un trou noir et froid, que les coups de poings t'ont foudroyé: ouvrant les yeux, toute la douleur t'a frappé en un éclair. Tu ne raconteras pas cela, Jean-Thomas. Des bras invisibles t'ont empoigné et t'ont relevé. La lumière électrique t'a frappé au visage. Une voix qui parlait ta langue, comme si elle avait craché, t'a demandé pourquoi tu sèmes le désordre dans le pays de sa Majesté. Tu as répondu que tu n'étais jamais allé en Angleterre, pays de sa Majesté. «Pourquoi veux-tu détruire la Monarchie?» Tu as répondu: «Tous les hommes sont égaux, personne ne doit être soumis.» Des policiers t'ont frappé encore: des policiers qui parlent la même langue que toi et qui disent à leurs enfants attablés: «le bon Dieu nous aime de nous avoir mis au monde dans le Québec où chacun a le droit d'être tranquillement heureux.» Les policiers semblaient vouloir toucher ton âme pour la blesser. Jean-Thomas, tu ne diras pas tout car tu auras peur que les coups atteignent, par les paroles de ton récit, celui qui t'écoutera. Ce silence, pourtant, ne cachera pas la vérité à Vieux-Thomas. «Les jeunes sont battus comme des tapis sales par des hommes qui ont toujours l'âge de leurs pères; on les tue pas parce que le plaisir de tuer est plus court que le plaisir de les faire souffrir. Cher bon Dieu, où est-ce que vous vous cachez pendant ce temps-là?» Vieux-Thomas a vu des bêtes torturer des victimes plus petites qu'elles; avec une application expérimentée et, quand elles étaient persuadées d'être les plus fortes, elles les abandonnaient.

Elles avaient fait souffrir pour rien comme d'autres chantent pour rien. Ces bêtes, il les appelait vicieuses. Le Juge qui s'endormait parce qu'il avait mangé et bu du vin t'a demandé, Jean-Thomas : « Pourquoi veux-tu semer la violence dans le doux pays de Québec, lors du passage parmi nous de Sa Gracieuse Majesté, alors que les yeux du monde nous regardent et que les Investisseurs (qui nous font vivre) deviennent nerveux et hésitants au moindre souffle de la Révolution ? Pourquoi jeune écervelé, jeune drogué, jeune maoïste, jeune communiste, en un mot, jeune séparatiste, pourquoi, je demande pourquoi ? Tu as répondu, Jean-Thomas : « Vous faites la justice au nom de la Reine d'Angleterre, mais vous, Monsieur le Juge, dans votre maison, apprenez-vous à vos enfants à s'agenouiller devant la Reine d'Angleterre ? » Le Juge a répondu, impatient d'avoir été réveillé : « J'enseigne à mes enfants à ne pas être de ceux qui se font ramasser dans les rues parce qu'ils y sèment les graines de la Révolution marxiste-léniniste antiroyaliste. » Tu as répondu : « Le pays de Québec, Monsieur le Juge, a vécu malgré des gens comme vous qui baisent les pieds du Pouvoir étranger. Et malgré les gens comme vous, le pays de Québec vivra longtemps. » Non, Jean-Thomas, tu ne raconteras pas tout ça... Vieux-Thomas le sait. Plutôt, tu diras : « Pépére, j'ai pris un petit congé. » Tu souriras. Tu te tairas un instant. Tu marcheras vers la fenêtre, tu regarderas vers la forêt, par-dessus la forêt, là où elle se perd dans le ciel et tu diras, comme d'habitude : « Pépére, parlez-moi de votre vie. » Vieux-Thomas racontera et, comme d'habitude, à mesure qu'il parlera, il recommencera à vivre comme si, de dire les mots de sa vie ramenait la jeunesse. Tous deux, ils se promèneront dans les forêts du temps passé, Vieux-Thomas guidera Jean-Thomas à travers sa vie qui ne sera plus passée parce que les mots la raviveront. Vieux-Thomas dira ce qu'il dit toujours :

« C'est un pays dur, icitte. » Jean-Thomas, selon le rite, ouvrira son livre et il dira : « Écoute, Pépére, cette histoire-ci ressemble à la tienne, c'est l'histoire du pays de Québec : « Nous sommes venus il y a trois cents ans et nous sommes restés... Nous avons marqué un plan du continent nouveau, de Gaspé à Montréal, de Saint-Jean-d'Iberville à l'Ungava, en disant : ici toutes les choses que nous avons apportées avec nous, notre culte, notre langue, nos vertus et jusqu'à nos faiblesses deviennent des choses sacrées, intangibles et qui devront demeurer jusqu'à la fin. Autour de nous des étrangers (selon le rite, Jean-Thomas répétera le mot), des étrangers sont venus ; ils ont pris presque tout le pouvoir ; ils ont pris presque tout l'argent... Et nous nous sommes maintenus, peut-être afin que dans plusieurs siècles encore le monde se tourne vers nous et dise : Ces gens-là sont d'une race qui ne sait pas mourir... » Refermant son livre, Jean-Thomas dira : « Pourriez-vous savoir, Pépére, que Louis Hémon a écrit ça en 1912 ? » Et ses petites mains fines qui n'ont jamais touché aux travaux rugueux ouvriront un autre livre : « Ce jour-là, assis à sa fenêtre, Menaud écoutait sa fille, Marie, lui lire des passages : « Nous sommes venus il y a trois cents ans et nous sommes restés... Autour de nous des étrangers sont venus qu'il nous plaît d'appeler les barbares ! ils ont pris presque tout le pouvoir ! La voix de Marie s'était mise à traîner ; son doigt s'égarait dans le beau livre. Menaud se leva. « Rien n'a changé... rien n'a changé ! » grommela-t-il. « Continue dans ton livre », dit-il à sa fille. Elle reprit : « Ces gens-là sont d'une race qui ne sait pas mourir ! » Le regard de Menaud s'était ravivé. « Une race qui ne sait pas mourir ! » Cette parole réchauffait son cœur. Une vie, un élan de jeunesse jaillissait de ces mots-là, quelque chose de comparable au printemps après le froid, la neige, les six longs mois d'hiver ! il répéta lentement : « Une race qui ne sait pas mourir... » Marie avait refermé le livre. Menaud ouvrit la porte toute grande... Jean-Thomas refermera le livre et il dira : « Félix-Antoine Savard a écrit ces mots-là en 1929 ; maintenant, qu'est-ce qu'on va écrire aujourd'hui dans les livres faits au pays de Québec ? » Écoutant lire son petit-fils,Vieux-Thomas maintenant comprendra. À le voir fouiller dans les livres, il croyait Jean-Thomas à la chasse aux histoires qui distrairaient un vieil homme ; il pensait qu'il cherchait dans les livres parce que sa tête, trop jeune, ne contenait pas d'histoires inconnues à un vieil homme. Au retour de Jean-Thomas, quand il verra ses doigts feuilleter les pages, Vieux-Thomas saura que l'heure est venue de prêter, de donner ses oreilles à une Grande Histoire. Jean-Thomas a besoin de la mémoire des hommes anciens. Dans la bouche de Jean-Thomas, la mémoire des hommes anciens devient le rêve des hommes jeunes. Sa voix unit le passé des vieux livres au passé de Vieux-Thomas ; Jean-Thomas promet avec ce passé de faire l'avenir. Vieux-Thomas écoutera sa lecture avec la même ferveur que les récits de sa mère pendant les longues soirées de l'enfance. Ces histoires lui donneront l'envie de vivre. («Je connais d'autres livres, Pépére. Je te lirai des livres d'hommes jeunes qui ont autant de mémoire que s'ils avaient ton âge. Et ils veulent vivre, après le passé, leur avenir.») Il y a si longtemps qu'il n'a vu Jean-Thomas ; la dernière fois lui semble aussi lointaine que sa propre adolescence. «Cher bon Dieu, Jean-Thomas est incapable de rien raconter, rien dire, aussi longtemps qu'il sera en prison.» Ah ! s'il y avait un avion au village, Vieux-Thomas imiterait ces pirates dont parlent les journaux et l'Homme dans la télévision. Il s'emparerait de l'appareil, il se ferait conduire dans le point le plus haut du ciel et de là, il annoncerait : « Libérez mon petit-fils ou bien je vous promets que j'emmène l'avion avec moé du côté de chez saint Pierre.» Après la libération de Jean-Thomas, il ordonnerait à l'avion de redescendre et, revenu au sol, il déclarerait aux journaux et à l'Homme dans la télévision : « Je vous ai fait un mensonge ; jamais j'aurais osé traverser par moé-même chez saint Pierre. Plus l'âge me pousse devant la porte de ce Royaume, moins j'ai envie d'y entrer... Si je fais de la peine à Sa Majesté la Reine d'Angleterre parce que je lui reprends mon Jean-Thomas, je m'en excuse. En tout cas, je suis fatigué, je dois retourner m'asseoir... De ma berceuse, je veux regarder mon petit-fils bâtir son chemin d'homme dans le pays. J' sus pressé : le bon Dieu me donnera p'us beaucoup de temps. »

— Pépère, couchez-vous donc !

« On dirait, cher bon Dieu, que vous avez mis ces gens-là sur la terre pour dormir. Le Diable en personne leur mettrait le feu au derrière et i' dormiraient. Les loups dévoreraient leurs enfants, leurs frères et sœurs et i' sortiraient pas de leurs lits. Dormir... Quand au bout de quelques années nous attend une éternité de sommeil... »

— Rendu à cet âge-là, ça redevient enfant ; ç'a pas plus de raison...

— Pépère, i' chiale parce qu'i' a pas de femme ; trouvez-lui une veuve...

— ... distinguée, aimant la vie...

— Pépère, arrêtez de fouiller dans votre tiroir : vous faites un bruit de plombier qui cherche ses outils dans son coffre.

— Donnez-lui son couteau de chasse ; autrement vous allez l'entendre varnousser toute la nuit.

— Son couteau de chasse, i' est toujours dans son tiroir !

— Pourquoi c'est qu'i' braille après son maudit couteau de chasse ?

— C'est tous les jours la même chose.

Vieux-Thomas ne les écoute pas. Il a trouvé son

couteau de chasse. Les Autres, en cachette, méchamment, l'avaient remis dans son tiroir. Il glisse son couteau sous son oreiller. Il va dormir. Au matin, il se rendra à l'église écouter la messe et s'informer si l'un des gens de son âge n'est pas mort pendant la nuit. Fermer les yeux, cela est trop semblable à mourir. Vieux-Thomas résiste, il n'accepte de fermer les yeux qu'à regret, épuisé, au bout de sa fatigue, sans le savoir : luttant contre le sommeil, il lutte aussi contre la mort. Tous les matins, s'il a dormi, il pense qu'il a été mort pendant quelques heures. Et ce matin, quand ses yeux s'ouvrent, n'est-il pas trop tard ? Les Autres ont caché sa montre pour le faire souffrir un peu plus. Alors il ne sait pas l'heure. Mieux vaut se hâter, au cas... Il se frappe au pied de son lit, s'accroche dans son pantalon, fait rouler ses souliers.

— Pépére, vous faites autant de bruit qu'une armée...
— Vous allez arriver à la messe avant le Curé !

Il se dépêche, comme on dit, lentement. Dans l'air du matin, quand la terre a une odeur toute neuve et que la lumière n'a pas été salie par le travail des hommes, Vieux-Thomas monte à l'église, la main sur son veston, du côté du coeur : il a glissé son couteau de chasse dans la poche intérieure. Il est le premier homme à marcher dans le matin du village. Personne ne monte devant lui, aussi loin qu'il puisse voir. Il n'y a personne derrière. Ils dorment tous comme s'ils avaient des siècles à vivre. Eux qui vont dormir toute l'éternité, ils s'acharnent à dormir aussi pendant leur vie. À cette heure-ci, Jean-Thomas doit dormir aussi. Le sommeil est toujours plus fort que l'inquiétude. Jean-Thomas se relèvera de son sommeil plus jeune encore que la veille, tandis que Vieux-Thomas, devant un nouveau jour est toujours plus vieux. Devant lui, l'église attend, portes fermées, fenêtre opaques. Le clocher disparaît dans la brume : l'église écoute au ciel la parole de Dieu. «Si c'est vrai, cher bon Dieu, que pas un seul cheveu de la tête d'un homme tombe sans que ce soit votre volonté, ça voudrait dire que Jean-Thomas est en prison parce que Vous l'avez voulu? Je pourrai jamais croire, cher bon Dieu, que vous envoyez des enfants en prison pour prouver à la Reine d'Angleterre que Vous êtes de son parti. Vous savez mieux que moé que la Reine est une protestante; pas une catholique comme vous et moé. Les jeunes prient p'us de nos jours, mais j'ai assez vécu pour savoir que, dans les traverses de la vie, même le Diable a l'idée de vous parler. Jean-Thomas doit bien vous avoir fait une petite prière.» Les portes de l'église s'ouvrent. C'est vraiment le commencement de la journée : une lumière plus pure sort de l'église et se répand dans le matin. C'est le jour. L'autobus gronde : la route est à pic. Voici venir sa grosse tête avec le nom Québec écrit au front. «Pour faire ce que j' vas faire, cher bon Dieu, je vous demande pas la permission ni celle de votre Curé. Y a des choses qu'un homme a pas le droit de pas faire... Si c'est vrai que pas un seul cheveu est tombé de ma tête sans que ce soit un effet de votre volonté, ce que je vais faire, je le fais parce que Vous le voulez.» Ainsi, au bout de son âge, Vieux-Thomas attend l'autobus, il montera dans l'autobus qui le conduira au loin. Son âme frémit, probablement comme celle des jeunes filles du village qui, toutes fébriles, attendaient l'arrivée de l'auto-bus dans leur petite robe des dimanches, tenant une valise sans égratignures, et tremblant à la pensée qu'elles allaient venir au monde, c'est-à-dire quitter le ventre étouffant du village et sortir dans la grande ville. Vieux-Thomas tremble aussi à la pensée de la grande ville. L'autobus s'approche. Il n'a pas de valise. Il met la main sur son veston, du côté de son coeur. Chaque automne, des jeunes filles quittaient le village pour aller jusqu'à Montréal. Les riches des grandes maisons aimaient les petites Québécoises qui, comme elles disaient, n'avaient pas peur de l'ouvrage. Ces grandes maisons riches parlaient toutes anglais, mais les petites québécoises n'avaient pas besoin de parler l'anglais ; elles lavaient les planchers, tout en tapis beaux comme l'imagination, nettoyaient les murs doux comme de la soie et chassaient la poussière des armoires remplies de belles dentelles de riches. Les jeunes filles, au village, avaient déjà arraché des roches, surveillé le feu des abatis, nourri des animaux. Le travail de ville paraissait doux à leurs mains de Québécoises. Les jeunes filles, songeant à la vraie vie de l'autre côté des montagnes, avaient coutume d'annoncer leur départ pour la ville en disant : « Il sera toujours plus facile de soigner les riches que les animaux de l'étable.» Chaque automne, le matin, des jeunes filles attendaient l'autobus. Et, après avoir connu les maisons riches de Montréal, elles n'avaient plus envie de revoir les modestes maisons de bois comme si, dans la grande ville, elles avaient oublié leur village où plusieurs fois par jour des gens pensaient à elles. Elles étaient plusieurs années sans revenir. Parfois, on en revoyait une. On ne la reconnaissait pas car elle ressemblait à ces jeunes filles dans les catalogues des grands magasins. On la regardait, étonné. La jeune fille portait le même nom, mais elle n'appartenait plus au village. La jeune fille qu'on avait vue, un matin, attendre l'autobus avec sa valise neuve et sa robe cousue pendant l'été, était disparue dans la grande ville. Une étrangère revenait, qui avait un peu connu la jeune fille et qui s'en souvenait avec un peu de dédain. Elle plissait le nez quand le vent apportait une odeur animale ou une senteur de terre ouverte pour la semence. On l'entourait avec des yeux qui ne comprenaient pas qu'une sœur, une voisine, une cousine, une belle-sœur soit devenue une étrangère. On ne savait si on devait raconter les événements de la vie ; l'étrangère semblait ennuyée d'entendre ces récits. La jeune fille était allée tellement loin qu'elle était revenue avec des mots qui n'appartenaient pas à la langue du village. Elle avait dans la voix des sons rapportés des maisons riches. L'une de ces jeunes filles, Justine, était arrivée, une veille de Noël, tout enveloppée de fourrure comme une dame riche : de la fourrure d'animal qui ne se promène pas dans les forêts du pays de Québec. Elle était descendue du train avec son mari — un homme de la ville — elle avait paradé avec lui de l'arrière de l'église à l'avant, avec l'air de croire et de faire croire que les cantiques de Noël célébraient leur arrivée. Justine, l'une des dix-sept enfants d'Arsène, avait fait ses premiers pas sur les terres de roches, elle était devenue une jeune fille dans l'air du village, mais elle ne ressemblait plus aux gens du village. Elle avait caché son air de famille sous un maquillage épais comme sa honte. Elle était devenue tellement étrangère qu'elle avait pris un mari qui ne parlait même pas la langue du pays de Québec : elle avait tellement oublié le village qu'elle avait choisi comme père de ses futurs enfants un homme qui n'appartenait même pas à la bonne religion. Son homme parlait anglais et il était protestant comme les Anglais. Alors, entourée de chants et de musique d'orgue, elle paradait. Ils paradaient... Les uns ont pensé que c'était de l'ostentation. Les autres ont dit qu'elle essayait de cacher son remords en faisant le paon, la nuit de Noël, dans l'église bondée, devant l'enfant Jésus qui, lui, naissait dans une étable et non dans une maison riche de Montréal. Après la messe de minuit, c'était la Fête. Chez les Arsène, on essayait d'oublier que leur fille était devenue une étrangère. C'était difficile puisque Justine et son homme se tenaient ensemble, loin de tous les autres, chuchotant dans la langue étrangère comme deux étrangers d'une autre pays. La jeune fille du village avait même désappris à rire. Elle avait désappris toutes les danses du village. Elle était devenue sourde à la musique du violon et de l'accordéon qui jouaient avec une ferveur impétueuse. On chantait plus fort chez les Arsène que dans toutes les autres maisons, on dansait plus vite que partout au village, on s'étourdissait plus longtemps, les hommes et les femmes agrippés l'un à l'autre tournaient comme s'ils avaient pu accélérer le roulement de la terre vers le printemps. La musique! Le violon et l'accordéon étaient la seule respiration de ces corps ivres de bière et du plaisir d'être, femmes et hommes, enlacés. Les jambes, les bras et les corps, ensorcelés de musique, les cris joyeux du violon et les roucoulements de l'accordéon faisaient un grand feu de vie, un grand feu de musique qui flambait au milieu de la nuit sur la terre, et dans la nuit de Noël, ce feu indiquait à l'enfant Jésus, qui ouvrait un oeil sur le monde, un village qui l'espérait. Justine et son Anglais sont assis à la table comme s'ils étaient loin du village, comme s'ils étaient encore dans leur ville. Voyant l'Anglais, les gens ne peuvent pas ne pas se rappeler les histoires que, dans de lointains hivers, le vent des tempêtes a transportées de village en village, ces histoires que l'on écoute en ne tremblant plus, mais que les Vieux, encore aujourd'hui, racontent avec des frissons: ces histoires où un étranger à la moustache luisante et aux vêtements chics n'était que le Diable déguisé; ce Diable raffiné, qui avait rentré ses griffes sous des gants blancs d'homme de ville, ensorcelait une jeune fille innocente, et, à la fin de la danse, l'arrachait, dans un tourbillon de flammes, vers l'enfer qui se refermait ensuite sous la neige. Heureusement, l'Anglais de Justine n'a pas de gants blancs, et il ne danse pas. Justine et lui regardent ces danses avec l'air de considérer dans une assiette des mets qu'ils ne toucheront pas. La grimace de l'Anglais déteint sur le visage de Justine. Les danseurs auraient l'énergie de sauter par-dessus les toits. Les voix du violon et de l'accordéon, le bruit des pieds qui marquent le rythme déchaîné, les cris de joie sont plus forts que tout ce que pourraient dire la peur, l'inquiétude et le chagrin. Cette musique va innonder l'avenir et le faire fleurir. La nuit de Noël donne des raisons de vivre malgré la glace, la bise, les vents, les morts et le ciel voilé. Les gens dansent et leurs pas, bondissant par-dessus les hivers, ne se posent que d'été en été. Les hivers n'existent plus, ni l'inquiétude, ni les morts, ni le chagrin. Les gens n'ont plus à se demander pourquoi vivre. La vie est en eux comme le feu est au bois. Justine et son Anglais regardent, tous deux avec l'air de se rappeler un mauvais souvenir, les visages ronds et bouillants comme des tourtières, les yeux flottant dans la bière ; ils écoutent ces cris qui hurlent pour faire peur au froid, et au plus grand froid, la mort. Ces corps alourdis par les enfants qu'ils ont portés et les dures tâches accomplies écoutent passer en eux la musique, ils entendent la vie crépiter en eux. Ils rêvent un instant que la vie, au lieu de pousser l'homme à se courber vers la terre jusqu'à ce qu'à la fin il s'y écroule, pourrait soulever l'homme comme un oiseau — non pas les moineaux qui creusent leur nid dans la neige — mais ces oiseaux qui, perçant la glace du ciel, vont se percher sur les branches du soleil. Tout à coup, il n'y a plus que des femmes. Les vieilles prient dans un coin et les jeunes n'ont pas des gestes différents de ceux des hommes pour boire et danser, les femmes enlaçant les femmes et sautillant avec des cris d'hommes. Excepté l'Anglais de Justine, les hommes sont sortis. Elle le pousse. Homme, il aurait dû suivre les hommes. Elle lui jette son manteau de fourrure sur les épaules et elle le pousse. Jusqu'à la porte. Ils discutaillent, mais qui pourrait comprendre ce jargon-là ? Dehors, il n'y a que la nuit, une nuit tranquille comme si rien d'autre que le ciel n'existait, rien que le ciel et cette maison qui y flotte avec sa musique aiguë et ses danses agitées. Rien que la nuit, et vers l'étable, une lumière et des ombres agitées. L'Anglais, sa femme le veut, doit aller là où sont réunis les hommes. Il suit le sentier découpé dans la neige. Il marche vers la fenêtre allumée. La musique est recouverte par des vagues de cris d'hommes auxquels se mêlent des plaintes de vaches. Il ralentit à cause de l'odeur d'étable. Il ne veut pas tremper son manteau dans ce parfum-là. Selon la coutume, à un moment de la Fête, on laisse les femmes aux petits plaisirs de la musique et les hommes se réunissent à l'étable pour établir qui est le plus fort et vérifier si les derniers mois auraient apporté un jeune capable de battre le champion. C'est beau de voir ces muscles rendre les corps durs comme du bois. C'est beau de voir ces jeunes devenir méchants. C'est beau de voir la force de la race éclater dans ces corps comme l'éclair. S'il n'y avait pas de sang, ce ne serait pas un vrai combat. Si le vainqueur n'écrasait pas le visage du perdant dans le caniveau à fumier, ce ne serait pas une victoire. L'un des fils d'Aristote est le champion ce soir, il a triomphé trois fois de ses adversaires et l'on a dû relever du fumier ses trois victimes qui s'y étaient endormies. Le jeune fils d'Aristote, debout dans le cercle que les hommes forment autour de lui, est tout nu dans ses bottes ; son corps luit de sueurs, il fume, il est barbouillé de sang ; les bras levés, le fils d'Aristote hurle qu'il est le champion et qu'il ne voit personne, sous la nuit du bon Dieu, capable de le faire tomber à genoux. À ce moment-là, l'Anglais apparaît dans la porte de l'étable. Le fils d'Aristote lui lance un défi. L'Anglais ne comprend pas la langue qui se parle au pays de Québec : il pense qu'on l'insulte. Il se défend par une bordée de cris : on ne peut pas comprendre, mais on sait qu'on a été insultés. Le fils d'Aristote lui crie que s'il n'enlève pas sa fourrure, il va le dépiauter : « Montre-nous que t'es un homme, même si t'es un Anglais ! » Sanglant, dégoulinant de sueurs, le fils d'Aristote avance vers l'Anglais qui tourne le dos pour fuir vers la maison où sont les femmes. Le fils d'Aristote le rattrape et, par derrière, le ceinture. L'Anglais se retourne. Les coups claquent. L'Anglais, enveloppé dans sa fourrure, et le fils d'Aristote tout nu roulent dans la neige. Les deux hommes grognent. Puis, sortant d'un nuage de neige, l'on voit le fils d'Aristote, tout nu marcher tranquillement vers la maison. La musique s'arrête. L'on entend des cris de femmes. («Nous, on s'approche. On trouve l'Anglais étendu la face dans la neige. On le ramasse, on le tient debout. On essuie le sang avec de la neige. On rassemble les morceaux de son manteau déchiré et on le traîne à la maison. L'Anglais dit pas un mot. Même pas dans sa langue. Quand on entre dans la maison, la première chose qu'on voit — et que l'Anglais voit — c'est sa femme qui lave le corps du jeune fils d'Aristote, avec un linge blanc.») L'Anglais ne dit pas un mot à Justine. Le violon lance un petit cri, l'accordéon souffle une note, comme un rire, et la musique recommence. Propre, le corps recouvert d'une seule serviette nouée autour de sa taille, le Champion danse avec Justine. L'Anglais est tout en sang : personne ne l'aide à se nettoyer. Justine danse. Elle recommence à ressembler aux gens du village, à se ressembler. Le lendemain, l'Anglais, dans son manteau de fourrure en pièces, repart vers la ville. Justine reste au village. Pendant la nuit, dans leur chambre, il y a eu des cris en anglais. On n'a pas compris. Justine reste au village, mais elle ne veut pas voir le fils d'Aristote. Pendant toute l'année, elle va porter au bureau de poste des lettres adressées à un Monsieur anglais ; le village connaît qu'elle écrit à son mari. L'Anglais ne répond pas. Au bout d'un an, Justine accepte d'aller danser avec le fils d'Aristote qui n'a pas cessé de lui faire la chasse, tendant les pièges partout où elle pouvait passer. Ce soir-là, il lui a fait un premier enfant. Il y en a eu d'autres par la suite :

assez pour remplir une maison. Puis Justine a vieilli comme tout le monde, vers la soixantaine avancée, elle a eu, comme on dit, l'esprit qui a viré. Quand le soleil n'était pas trop écrasant ou quand il n'y avait pas trop de glace dans la rue, elle allait au bureau de poste demander s'il n'y avait pas, à son nom, une lettre écrite en anglais. Elle a fait ça jusqu'à sa mort. Cet Anglais-là, on ne se tromperait pas de dire qu'il a vécu au village toute sa vie : dans la pensée de Justine. Mais c'était un pur étranger. Étranger, comme on le dit dans les livres de Jean-Thomas. Justine n'a jamais, elle, osé reprendre l'autobus... Ainsi que Vieux-Thomas l'a toujours vu faire depuis qu'il va regarder et écouter la messe tous les matins, l'autobus se range contre le trottoir, devant l'église, à la manière précautionneuse d'un animal qui connaît sa place dans l'étable. Les portières s'ouvrent. Vieux-Thomas saute dans l'autobus.

— Vous vous trompez, Pépére, la messe, c'est pas icitte, c'est en face.

Faisant le sourd, Vieux-Thomas monte les marches et se trouve près du conducteur qui l'observe avec des yeux tout plissés par la moquerie. Le plancher bouge sous ses pieds comme, il y a tant d'années, lorsqu'il avait quitté la terre ferme pour aller au bout du monde en bateau. («Ris pas, chauffeur, toé qui as quatre roues vissées au derrière, tu deviendras vieux toé itou. Au bout du chemin, même si on a encore la force de ses vingt ans, il s'est accumulé, avec les années, de la rouille dans les jointures.»)

— Où c'est que vous allez Pépére ?

Le conducteur éclate de rire :

— Au cimetière ?

«Cher bon Dieu, les sans-cervelle se promènent en liberté et des têtes comme mon petit-fils sont en prison. Les Gouvernements aiment mieux les sans-cervelle.»

Vieux-Thomas s'approche encore du conducteur. («T'as encore devant toé quelques années, puis tu vas entrer dans la saison où on rit p'us.») Il met la main dans la poche intérieure de son veston, côté coeur. Les yeux du conducteur rient encore : les vieux transportent tous leur argent dans des petits sacs de cuir. Dans la poche de son veston, ses doigts se serrent sur la poignée du couteau de chasse. Vieux-Thomas sent des étincelles dans sa main. Son bras sent vibrer en lui la force d'étrangler un chevreuil. Au lieu du petit sac de cuir contenant des piastres soigneusement pliées, c'est une lame de couteau qui passe devant les yeux du conducteur et, avant qu'il n'ait poussé un cri, se pose sur sa gorge. S'il crie au secours, son cou va se gonfler et la lame tranchera une artère. («T'aurais pas dû, chauffeur parler de cimetière ; c'est un mot qui attire la mort.») Vieux-Thomas s'assoit sur la banquette située derrière lui. La lame glisse sur le cou, mince brûlure, elle glisse sur l'épaule et la pointe vient s'arrêter sur la nuque. Le conducteur tâte son cou : pas de sang. Il respire. La pointe du couteau picore son dos à petits coups, elle se fait impérieuse. Vieux-Thomas veut qu'on lui obéisse. Il pousse encore plus. («Chauffeur, au lieu de te dire : ce vieux fou va me faire un trou dans le dos, occupe-toé d'avancer.») Le conducteur n'a pas l'air de comprendre. S'il faut lui passer la lame à travers le corps, Vieux-Thomas le fera. Le conducteur ferme les portières. L'autobus s'ébranle. Vieux-Thomas n'a vu personne dans l'autobus. Si un passager veut intervenir, il expliquera que son petit-fils a été envoyé en prison par la Reine d'Angleterre et «ne bougez pas ou je remplis l'autobus de votre sang de cochon!» C'est ce que les pirates de l'air disent, d'après l'Homme dans la télévision. L'autobus descend la montagne. Le village dort. L'autobus s'engage dans la campagne. Autour de Vieux-Thomas, c'est la lumière d'un bon Dieu heureux d'être éternel et d'avoir créé la terre : une lumière qui fait ces jours d'été dont on se souvient pour éclairer les jours de neige grise. Quelle belle lumière pour être libéré de prison, pour sortir de sa cellule noire, étendre les bras, goûter sur son corps, dans son âme la liberté et penser : «J'ai eu raison!» Les roches brillent dans les champs. Il y a tant de roches qu'il serait impossible à une charrue de tracer un sillon droit. Que de jours Vieux-Thomas, son père, son grand-père ont passés à arracher des roches, à les rouler pour faire de la place aux graines de semences. Pourquoi les Ancêtres ont-ils choisi de s'établir ici? Est-ce parce que les Anglais s'étaient emparés des terres sans roches? Qu'y a-t-il dans cette terre de roches? Les hommes y rêvent de champs lisses comme le ciel où le blé pousserait dru comme le poil sur la poitrine, les hommes y rêvent de terre douce et tendre, mais ils ne quittent pas leur terre de roches. Qu'y a-t-il dans cette terre qui pousse les hommes à rêver et qui les retient de partir? Vieux-Thomas a entendu son père rêver, il a entendu son grand-père, mais toute leur vie, ils assuraient qu'ils ne pourraient vivre ailleurs. Ils apparte-naient à cette terre. Qu'y a-t-il dans cette terre de roches? Vieux-Thomas n'aurait pu vivre ailleurs. Son âme était enracinée trop profondément. Quand Jean-Thomas a crié dans la rue que la Reine d'Angleterre n'est pas la Reine du pays de Québec, il voulait dire, Vieux-Thomas le sait, que cette terre de roches n'appartient pas au domaine de la Reine d'Angleterre. Cette terre appartient aux gens du pays de Québec comme appartiennent à Vieux-Thomas les rides de son visage. Un jour, on aura enlevé tant de roches qu'il n'en restera plus. La terre ressemblera au rêve des Ancêtres. Tous ceux qui n'auront pas quitté cette terre auront raison parce qu'ils auront réussi à imposer leur rêve à la terre. «Le pays de Québec, c'est une terre à qui les Québécois imposent leur rêve d'hommes et de femmes. Mais c'est pas en criant dans les rues comme Jean-Thomas qu'on arrachera les pierres de la terre. Jean-Thomas a un rêve, mais moi, cher bon Dieu, est-ce que j'en ai un?» Quand on regarde les enfants comme Jean-Thomas, avec des bras de petites filles et des corps fragiles comme du ruban, on peut avoir la tentation de dire que la force des Ancêtres a été perdue. La force du fleuve Saint-Laurent ne se perd pas, elle se jette dans la mer. De la même manière, la force des Ancêtres s'est peut-être cachée quelque part où on ne peut la voir aujourd'hui. On la verra. Pourquoi ne serait-elle pas ensilée dans Jean-Thomas? Dans ses petits bras et dans son petit corps? Elle s'est déguisée en faiblesse pour avoir l'air inoffensive mais... On verra! Le plus important est de tenir la lame du couteau de chasse bien appuyée dans le dos du conducteur. Les pirates, qui s'emparent d'avions pour libérer leurs amis, ne se laissent pas distraire. Vieux-Thomas, lui, pense trop, ce matin. Il est noyé dans des pensées. Depuis tant d'années, les Autres ne lui laissent que le droit de penser, tandis qu'il a encore assez de force pour soulever n'importe quelle roche qu'un jeune ne pourrait même pas bouger. Dès qu'ils ont fait dix pas, les jeunes d'à cette heure étouffent comme des agonisants. Ils seraient incapables de soulever des pierres. Mais qui demandera à Vieux-Thomas d'arracher des roches? Personne ne peut le regarder sans dire: «C'est une maladie d'être aussi vieux: i' est vieux comme le frère du bon Dieu.» L'autobus atteint le haut d'une montagne. En regardant droit devant, on pourrait croire qu'il vole au-dessus des villages. «C'est une terre si caillouteuse que si vous aviez voulu, cher bon Dieu, former avec cette terre le corps de notre père Adam, vous auriez réussi à faire un animal bossu avec un cœur dur comme la roche.» Vieux-Thomas, son père, le père de son père et les Ancêtres, depuis des cents ans, se sont acharnés à rendre cette terre humaine. Elle n'était pas généreuse ; si on obtenait quelque chose d'elle, des pommes de terre ou du maïs, c'est parce qu'on le lui avait arraché de force. Le père de son père, son père et Vieux-Thomas ont toute leur vie nettoyé cette terre de ses roches et vous savez ce que le Gouvernement a décidé, si le journal n'a pas dit une menterie ? Le Gouvernement redonnera cette terre aux pierres, aux fardoches et aux épinettes comme si plusieurs générations s'étaient trompées à vouloir l'apprivoiser, comme si plusieurs générations d'hommes et de femmes ne s'étaient pas battues contre la forêt et les pierres pour découvrir un coin où semer la nourriture des familles. Pourquoi le Gouvernement a-t-il décidé de gaspiller le travail de plusieurs générations ? Parce que les Grosses Compagnies anglaises ont besoin de bois pour fabriquer du papier qu'elles transformeront en journaux anglais et en piastres anglaises. Alors les Grosses Compagnies disent (en anglais) au Gouvernement : « il nous faut du bois et dans cette terre de roches, les épinettes grandissent vite. » Et le Gouvernement qui va crever de faim s'il ne reçoit pas l'aumône des Grosses Compagnies anglaises répond (en anglais) : « Nous ferons repousser les épinettes. » Les arbres repousseront sur la tombe du père de Vieux-Thomas, sur celle de son grand-père, le Gouvernement dormira et ni le père ni le grand-père de Vieux-Thomas ne peuvent se lever pour défendre leur vie, défendre leur travail et leur terre.

— Pépère, si vous me passez le couteau à travers le corps, moé j' pourrai p'us tenir le volant. Qui c'est qui va conduire l'autobus ?

Ces pensées ont tellement mis Vieux-Thomas en colère que sa main crispée a trop poussé la lame dans le dos du conducteur.

— Bon ! C'est mieux comme ça. Mais i' serait temps, Pépère, que vous me disiez où est-ce que vous voulez descendre. Tenez, là, au bord de la route, y a un client qui me fait signe d'arrêter. J'arrête et vous descendez, Pépére. Mon syndicat et mes Boss me permettent pas de vous offrir un voyage gratis.

Vieux-Thomas voit l'homme, au bord de la route, qui gesticule; l'autobus ralentit. Il pousse un peu plus son couteau dans le dos qui s'excite. L'autobus ralentit encore. Il va s'arrêter. Le couteau, si c'est nécessaire, fera un trou; Vieux-Thomas n'hésitera pas: il donne un petit coup sec. L'autobus accélère et passe au nez du client. Les arbres défilent en éclairs sombres de chaque côté, dans les fenêtres.

— Pépére, pourquoi vous repliez pas tranquillement la lame de votre couteau? Vous pouvez vous faire mal.

Sans cervelle! Vieux-Thomas s'en va libérer Jean-Thomas. Les Autres dorment, mais Vieux-Thomas a décidé d'agir seul à la manière des pirates qui libèrent leurs amis emprisonnés en s'emparant d'un avion. Au village, il n'y a pas d'avion... «Cher bon Dieu, expliquez donc à ce chauffeur d'avion sans aile que personne a le droit de mettre mon petit-fils en prison; i' est pas un ennemi...» Bientôt il verra Jean-Thomas devant lui, debout; il l'emmènera libre dans la grande lumière du bon Dieu. Encore un peu de temps... L'autobus n'a jamais roulé aussi vite. De toute sa vie, il n'a jamais vu l'autobus aussi pressé. Ne serait-ce pas là le Village des Protestants? Oui. Non... Oui... Non. Ce village qui lui faisait si peur et qu'il contournait comme un lièvre évite un collet. Aujourd'hui il l'a traversé sans peur, et si rapidement qu'il n'a pas eu le temps de le reconnaître ni d'avoir peur. L'autobus ne va certainement pas moins vite qu'un avion.

— Pépére, on n'a p'us de gaz. Le moteur a soif. I' veut p'us marcher. Ça fait que Pépére, j' sais pas où est-ce que vous voulez aller, mais vous allez vous rendre à pied...

Vieux-Thomas tient ferme son couteau dans le dos du conducteur. Son autre main vient aussi tenir le couteau.

— l' reste encore trois gouttes de gaz... deux gouttes... une goutte...

L'autobus se range sur l'accotement ; il s'arrête. Le conducteur voudrait se retourner, mais le couteau dans son dos lui rappelle qu'il doit regarder devant lui :

— Si vous voulez pas marcher, Pépére, i' va falloir que vous poussiez l'autobus.

Les Autres dorment. Vieux-Thomas est le seul à se préoccuper de Jean-Thomas.

— Si vous me passez le couteau à travers le corps, c'est pas du gaz qui va sortir, Pépére, c'est du sang. Vous allez avoir du sang sur les mains en arrivant au ciel. Vous feriez mieux de ranger votre couteau ; c'est pas le bon Dieu qui a inventé les couteaux, c'est le Diable.

Vieux-Thomas sent frétiller dans son vieux corps toute la force de sa jeunesse. Son vêtement de peau s'est fané, usé, mais sa jeunesse est encore en son âme : comme un cheval fougueux sous une vieille couverture, l'hiver. « Le cheval, cher bon Dieu, est pas vieux parce que sa couverture est vieille et rongée par les mites ! » S'il le voulait, il pourrait saisir le conducteur par le cou et lui faire ce qu'il a si souvent fait aux chevreuils. On l'amènerait en prison... Qui, alors, irait libérer Jean-Thomas ?... Donc, si l'autobus ne peut plus avancer, il attendra ici. Depuis tant d'années, il attend. Dans sa berceuse. Le bon Dieu en appelait d'autres à Lui. Vieux-Thomas attendait. « Aujourd'hui je comprends, cher bon Dieu, pourquoi c'était jamais mon tour. » Le bon Dieu voulait que Vieux-Thomas soit là, un jour, pour libérer de la prison son petit-fils qui a insulté la Reine d'Angleterre. Il attendra. Il attendra aussi longtemps qu'on ne lui amènera pas, ici, Jean-Thomas pour l'échanger contre ce conducteur et son autobus. Habitué plus que n'importe qui à attendre, Vieux-Thomas peut attendre plus longtemps que n'importe qui. S'il n'y a rien à manger, l'attente peut nourrir un homme. Le réservoir d'essence est vide ; ne serait-ce pas une menterie ? Une ruse du conducteur ? Il pousse le couteau dans le dos. Le conducteur geint, l'autobus gronde puis se meut. Lentement, Vieux-Thomas retire le couteau. Le conducteur souffle, étonné de pouvoir le faire encore. L'autobus avance. Il file. Bientôt ils arriveront à Québec, et là, dans la ville, le conducteur trouvera la prison et dans la prison, Vieux-Thomas trouvera son petit-fils et le fera sortir. « Vous avez créé les jeunes, cher bon Dieu, pour qu'i' continuent la vie de ceux qui aimeraient bien continuer, mais qui peuvent p'us parce qu'i' sont au bout de leur temps. Vous avez pas créé une si belle lumière dans le jour pour les yeux des vieux qui sont déjà presque fermés. Vous devez l'avoir créée pour les yeux des jeunes qui s'ouvrent à peine. » Si l'autobus continue de voler ainsi, Jean-Thomas sera libre avant une heure. Parce que quelqu'un pourra l'accompagner, Vieux-Thomas aura peut-être la permission d'aller à la pêche. Assis sur une pierre, Jean-Thomas regardera son grand-père lancer l'hameçon à travers les branches feuillues des aulnes et le laisser tomber dans l'eau, léger comme une mouche. Il regardera son grand-père avancer dans la rivière sans faire d'autre bruit que celui de l'eau qui glisse sur les cailloux et confondre son ombre dans l'ombre des nuages pour ne pas effrayer les truites. Jean-Thomas, qui a toujours refusé de faire mal à une créature du bon Dieu, ne voudra pas pêcher, mais il n'empêchera pas son grand-père de pêcher. Tandis que les Autres... Ils lui interdisent tout ce qu'il aime. Ils sont satisfaits quand la vie de Vieux-Thomas est une prison. Jean-Thomas veut que l'on soit heureux. Vieux-Thomas n'est plus heureux depuis qu'il n'a plus le droit de pêcher, ni de chasser, ni de couper des arbres. Un jour, les Autres l'attacheront dans sa berceuse.

Mais Jean-Thomas, sur son caillou au-dessus de la rivière regardera pêcher son grand-père et ouvrant son livre, il lira pour que Vieux-Thomas entende, mais à voix douce pour ne pas faire peur aux poissons : « Nous sommes venus il y a trois cents ans et nous sommes restés... Il faut rester dans la province où nos pères sont restés...» Vieux-Thomas criera : « Tous les deux, on s'est évadés aujourd'hui ! » Une truite tirera sur la ligne. « Cher bon Dieu, vous me donnez tellement de bonheur aujourd'hui; je me demande pourquoi vous m'aimez tant. »

Tout à coup plusieurs faces d'hommes s'abattent sur Vieux-Thomas, des mains l'agrippent par tout son corps. Il est vieux, mais il a conservé dans son âme la force de sa jeunesse. Il rue, frappe, se rebiffe. Ils lui serrent les pieds dans des entraves. « Cher bon Dieu, dites-leur que j' sus pas une vache. » Ils enfilent un gilet par-dessus sa tête. Sans manches avec un harnais de cuir. Son corps est coincé comme dans un cercueil.

Un camion le transporte malgré ses cris dans une grande maison où il n'est jamais allé, pleine de vieillards qui n'ont plus dans leur âme la force de la jeunesse.

Vieux-Thomas attend.

Jean-Thomas viendra le chercher. Les Autres lui ont pris sa berceuse qu'il avait construite de ses propres mains.

— Viens, Jean-Thomas, me détacher; j' veux mourir libre !

Achevé d'imprimer
en mai mil neuf cent soixante-dix-sept
sur les presses de l'Imprimerie Gagné Ltée
Saint-Justin - Montréal.
Imprimé au Canada